中本道代詩集

Nakamoto Michiyo

Shichosha
現代詩文庫
197

Gendaishi Bunko

思潮社

現代詩文庫 197 中本道代・目次

未刊詩篇

散文

作品論・詩人論

装幀・芦澤泰偉

詩篇

詩集〈春の空き家〉から

I

三月

乳房にやさしいくちびるが
ほしい時がある
わきばらに荒々しいてのひら
腰にかたいつめ
のどにまっしろな歯の列が
ほしい時がある
男　のようなものでなく
それらがばらばらに
ほしい時がある
春になったばかりの
ひるねのころなんか

時

岩
あるいは
コンクリートの壁
のはざまに

その時はあった
まだふたつにもならない
こどものまぶたのような
やわらかいものが

波
あるいは
街のどよめき
がたえずすべりこんできて
空は青かった
信じられないことだが

草の芽が
空にむかって伸びていくさまを
見ているひまは
あった

それから　どこかに
まぎれこんだ

晴天の日曜日

きみは
なにか気もちのわるいものを
かんで
生きているのが
いやになった

また
きみは
たてつづけに咳をして
まわりの人たちを
不快にした

五月の晴天の日
踏み切りをわたって
喪服を着たひとびとと
すれちがった
かれらはしめやかでは
なかった

きみは
徹底的に
放っておいてもらいたい

林の夢

桃色の花が

地の上をみたし
道はまがって
林の中に通じ
そこからだれも出てこない
子供ははぐれて
いつまでも砂あそびをしている
林の中ですでに
死人の検閲は終わり
心中したものはひきはなされ
ひとりのものは集められて
手続きも終わり
今はだれもいない
あさみどりの林の奥で
出産を終えた犬が
仔らをしきりになめている
春の死人ら
もはや言うべきこともない

春の空き家

道路が光ってまっすぐにのびている
時々自動車があらわれて消える
街はここから遠い
道路の両側に空き家がならんでいる
ま四角な白い家
窓が光りすぎている
家の向うを少女の一群が歩いている
ことばを持たず
聞こえない音を聞く
なめらかでかたいはだかの少女たちが
つぎつぎにあらわれ
しっかりした足どりで歩いていく
空に磁気が満ち
道路が光りすぎて
人は息をすることができない

夏

きのうわたしは
男とベッドにいた
おとといわたしは
少年とキスをした
わたしはそのことを
おぼえていない

海岸では
男の子たちが
波乗りをする
ヨットが
真昼の幽霊のように
沖の方を
いくつも
いくつも
ただよっている

ねむりこける　海
わたしは
発情していない

八月の風

この夏じゅう
何も事件はなかった
毎日浜風が吹き
夕方にはにわか雨もふった
ただあの男の
かたい胸を思い
わたしはすこしずつ
陽にやけた
夜中になると
草原にとめてある車で
そこらじゅう走ったが
あの男はいない

あの男だけでなく
女たちもいない
彼らはみんな
家にかえって
おとなしく寝てしまった
一度だけ
激しい雷鳴があり
九月の方から
風が吹きこんでくる
秋は
見知らぬ顔をしている

夏の男

夏の男が
たしかに
あらわれた
不敵な目をして
黄色いシャツを着て
海岸の町の
どこかにいる

不良どものたまり場で
彼はしゃべりちらし
笑いとばす
本当は何もしゃべってはいないのだ
どこから来たのか
としはいくつかということなどは
黒びかりするほど陽にやけているので
仲間のように見えるだけだ

だが彼は
青い夜明けに
女の首をしめようと
生け垣のかげでうかがっている
沈んだ顔つきで

彼は九月に処刑されるだろう
だれも彼をとめられない

地上

橋の下を自動車が流れ
夕ぐれの中で匂いをかいでいると
帰るところがない人間の気持ちになる
一日は終ろうとして
まだ夜は来ない
街の平和なひろがりの上で
時間はゆるやかにまがり
やがて方向を変えようとしている
夜にはだれも
安定したもののかたわらで眠りたい
あなたには
遠い恋人があるか

踏み切りの警報機が鳴る
しゃ断機がおりてまた上ると
わけもなく渡りたい
ひろがる土地
ひろがる夕ぐれ
くすんだ紅色の空
にごった音響
私の胸は無欲のままで
あてのない欲望を呼吸する

Ⅱ

春

わたしたち
きょうもでかけるしかない
きょうも空は晴れ
水色の空に

眼球の動かない女が浮遊している
女はまた少し大きくなった
枯れ草にこもる光を
ふみちらしていく農夫
たちのぼる
堆肥のにおい
あたためられる
墓の中の骨
女のうたう単調な歌が
養豚場の動物たちを
しだいに
狂わせていく

青空

四月の朝
内側をしきりにさぐる指
私は悲鳴をあげるがすぐに眠りこんでしまう

空間は質量を増している
窓の外には書き割りのような街が広がっている
うすい蜘蛛がものかげからあらわれて
　テーブルの上をはい
またものかげにかくれる
かわいたかたいものが意識のすみをこすって
　傷つけている
私は眠りにおしつぶされている
空間が濃密になっている

夏まで

話すことはもう何もない
うなだれて草を刈る
女たちは顔を上げない
一日に一度
正午にバスが来る
習慣はますます正確になる

臨月に入っても
赤ン坊は生まれない
こどもたちはみんな
砕けるガラスのようにゆれる木立ちの奥へ
走りこんで消える
投げだされた鎌を
だれも取りに来ない
夏までにはすっかり
忘れられてしまう

六月

臨月の女が蕗を煮る
田舎の母親がうつ病で死ぬ
あの子供は
いつも高い所から小便をしてぶたれる
女たちはつぎつぎに孕む
孕むために生まれたように
そして病気になったりする
むし暑い日は空から揮発油が垂れる
子供たちはズボンを下げて走りまわり
蟻の穴を見つけると棒をつっこむ
臨月の女が階段をのぼってくる
子宮の口が開きかけて
手首に包帯がまかれている

夜の雨

雨がふると
キャベツ畑にころがっている
赤ン坊たちがおきあがる
窓にはときどき
死んだはずの獣のにおいがする
球形の植えこみのかげに
かくれたままの女
だれもさがさないので

出てこられなくなった裸体の女だ
従順な樹木の列
そして遠い
遠いところで雨があがり
まばゆい街の燈火の下で
人が幸福にざわめいている

時刻

虫歯だらけの口をあけるように
朝がくる
建物の中を湯が流れて
きみも生きる気をとりもどす
いたるところで
エンジンをふかす長い音が聞こえる
ひと晩じゅう眠らないでいた信号機が
粉のような疲労をはき出している
さびれた医者が
眼鏡をふいて
来ない患者を待ちはじめるころだ

季節の刃

冬がおわるころ
雨がふるようになる
みぞれのときはかさがキシキシ音をたてる
女は血を流しているとき
ざんこくになり
顔がはれる
遠くをバスが走っていく
運転手が帽子で顔をかくし
乗客は窓にひたいをおしつけて陰気に走るバスだ
うもれている刃のきれはしのようなもので
空間はきずだらけだ

（『春の空き家』一九八二年詩学社刊）

詩集〈四月の第一日曜日〉から

Ⅰ 廃屋

祝祭

這う虫も飛ぶ虫も
ひとときの祝祭の中にある
神様も今は
ちょっと御座をはなれておられる

長すぎる昼に
身をふるわせて徐々に皮を脱いでゆく青虫
それは激しいよろこびのようにも
苦痛の極まる動作のようにも見える

黄色い小さな蛇のうわさ
茗荷の繁みの青くさい匂い

昼のいちばん深いところで
たえきれなくなり
ふいに自分を手放してしまう人がいる
何重もの枠の底の
息づまる夢の中に落ちる

生まれてしまったものがみな
しかたなく　また
暴力的に
群れをなして育っているのだ

階段

霜柱がバリバリと立った。
建物の北側は陽が当たらないので
一日じゅう霜は消えない。
水分を失った土の表面は下にすきまができて

踏むとボロボロ崩れる。
靴の裏に黒い土が粘りつくので
アパートの階段はいつもよごれている。
小さなほうきで掃き下ろして行くと
入り口のあたりで手首が痛くなる。
階段のどのドアも閉ざされていて
内側に人の気配はしない。
それでも人はいるのかもしれない。
昼下がりにはセールスマンがやって来る。
土地のパンフレットや教育絵本　避妊具などをカバンに
　入れて一戸一戸ブザーを鳴らしながら上がって行く。
夜やあけがたサイレンが鳴りわたり長く尾を引くとどこ
　かで火事だ。
ひっそりと救急車が来て止まりだれか連れ出して行くこ
　ともある。
何だったのかを後で告げられることはない。

回復期

日ごとに外が明るくなる
病人は熱の匂いに飽き
鶏舎ではめんどりが胃に砂粒を沈ませている
子供たちの声があちらこちらで上がる
鉄塔の上でカラスが鳴く
金属製のものが帯電する
紳士は林の入り口に立って待ち
ズボンの前をあけて人を驚かせる
期待に顔もかがやいている

アルミニウム製

四月は雨で始まった
ひたいの裏側が熱い
畑では畳を腐らせる

見え隠れしている
水仙の黄色

養分がしみこんでいく
大釜は放置される

人が減っていく
だれもいなくなる

幽霊の婚礼のようなサクラの花
草もはえそめる

ひらくとき
花は痛いだろうか
階段で猫がはね上がる
何度も

日々
よぶんな食をとる

廃屋

坂道を下りて行くとつきあたりに廃屋がある。

ここは一年前に来たときにも廃屋だった。

小さな破れめのある板壁や立てかけてある二台の錆びきった自転車も一年前の状態と全く同じだ。

廃屋はもう変りようがない。

平たい前庭には木はなく低い草がびっしりと繁って花もつけている。

どの窓や出入り口にも板を打ちつけ完全に閉ざされているために、私は内部を見たいという欲望を強く感じる。ほの暗く、ほこりだらけの内部を廊下や浴室、手洗い、棚などの細部までも想像してみる。

小さな板壁の破れ目は内側では光線が金色の固い物質のように見えるだろう。

私はいなくなった子供を探してここまで来たのだが、ここにはだれの姿もなくて無声映画の中でのように草がもえさかっているだけだ。

私は引き返して坂道をのぼって行く。

もうこの世界のどこにも決して子供はいないような気がする。

Ⅱ 山の犯罪

卵割

発生の段階で
内部に空洞ができると
それが消化器になる
空洞には出口と入り口があって
つまり一つの管だとも言える

女の人たちが踊っていた
ギラギラしたレオタードを着て
踊る女たちの体は
マネキンのようではなく
どれも少しいびつだった

繁華街のビルの地下で

この近くで前　火事があった
道路の上にぐにゃぐにゃと管がのび
ところどころから水がしみ出していた
消防士の長靴
人が近寄らないよう綱を渡してあったが
人の群れもぐにゃぐにゃゆれた
管はいろいろなところから
何本ものびて冬の道路をぬらした

卵が割れていく
休むことなく

女の人たちは踊り終わると
着がえをした
ダンサーではなく
ふつうの女たちだ
ブーツの中は少しよごれている

老人はしゃがみこみ
排水口につまった土を
しんぼう強く棒でしごき落としていた
あの時はそこからも管がのびていて
人の足もとでくねった

沼からの電話

電話のむこうは沼になっていて
声があぶくになって湧き上がる
沼には幼児も赤ン坊も沈んだり
浮かんだりしている
そのあいだを
大きなあぶく　小さなあぶくが
間歇的にのぼって行く

かたつむりがいくつも
木にはりついている
そのかたつむりにさわると
病気になるよ
動かないようでも
少しずつ上にのぼって行く

あぶくが赤ン坊にふれて
はじけることもある
赤ン坊には意欲がなく
ただ浮かんだり沈んだりしている

土はやわらかく
踏むと足がめりこむ
草という草が冷たくぬれていて
猫がそこここに動いている
嗅覚をなくしているが
どれもとてもかわいいよ

林の中に踏みこむと

黒い棘だらけの虫が足に吸いついてくる
驚いてはいけないという声がする
木々のむこうに立っているその人は
生まれなかった私の弟だ

そうだ
私は受話器を握って立っている
動くこともできずに立っていて
あくまでも無色無臭の水の噴出を
視界の外側で感じている

紐

空は輝き
人は長い列になって立っている。
どの人も口をあけ顔いっぱいに笑っている。
そこらじゅうまぶしく白い靄のようなものが光っている。
人の列の頭の方は建物の長方形にあいた口の中に入りこんだままだ。
外のあまりの明るさのためその口はいっそう暗い。
もうすでにどれだけを飲みこんだのだろう。
のどから腹まで入っていく長いざらざらした紐。
屋上から黒い服を着た少女たち少年たちがのぞいている。
何かをさかんに叫んでは笑っている。
まっ青な空を背に彼らは鳥にそっくりだ。
発光する靄はちぎれてはくっついてただよっている。
人のあいた口の端にも絡みつきそのうち細く中へ入って
　行くようだ。
体の中をらせん状に降りて行き底で重く堆積するもの。
列に並んでいる私がふと気がつくと、人はみな口もとに
　金属の匂いを発散させて立ったまま笑ったままで失神
　している。

空の階段

空中には短い階段がかかり

その上には子供が放りこまれている
まだらで灰色の雲がどんどん駆けていく

あの大女を逃がすな
逃がしたら階段も消えてしまい
二度と子供たちを探し出せない

大女は狂暴で力が強く
彼女をつなぐ綱も切れてしまいそうだ
あたりは育たない葉で満ちていて
わらの上によごれた靴下が脱ぎすてられてある

訪れて来る多くのセールスマンのうち
口上を読み上げる男に注意
石ころだけでできた海の
光るふたすじの線路の上を
どこまでも電車にゆられて行くよう

大女は縮んでいなくなってしまった

空中のどこにも階段の場所は手がかりもない
義務のように声をあげる鳥や虫たち

大人たちは集まり
手を上げ頭を振りながら
声高に話し合う
そこここで
物を言わない人間の群れが
街路を掘りかえしているのに
気づきもしない

子供たちは本当に
あの階段の上に投げこまれたのか
それを見た人はだれもいない
大人たちの一人の足首が中からはじけ
何かの劇しい気体が
その赤い穴から吹き出している

郊外の群衆

大勢の人の足が
白っぽい光の中に浮いている
風が砂ぼこりを吹きつけ
おびただしい靴がよごれている
その上で人が大声を上げている
よろこびの声か
恐怖の声か

髪の毛が砂にまみれ
バリバリとこわばっている
顔も白くまだらによごれている
空を探しても太陽は位置がないのに
光線は皮膚を刺している

もう何時間たったのか
私はだんだんと首が折れてくる
顔にさわると固くて自分のもののようではなく
目頭には砂がつまってくる

目を上げるとむこうの方に
駅のプラットホームが見える
ま新しいコンクリートの駅が高く
架かっている
朝大勢の人を乗せて着いてから後
電車はどこへ行ったのか
二つ三つの長い人影が立っている

光線はわずかに弱まっただろうか
宙づりになったたくさんの足は今は
ゆっくりと動き
叫び声がまばらに
まだ人ののどを恍惚とさせている

悪い時刻

遠くから靴音が聞こえてくる
町のずっとむこう
建物と建物の間から

音はだんだん大きくなってくる
近づいてくる
あれは男の靴音
固い皮靴の音だ

男の腹は情欲でふくれ
頭は憎悪で狂っている
それでいっそう
靴音は冷たく正確に響く

靴音が通り過ぎるとき
眠っている子供が刺すように泣く
古い髪の毛のような
綿毛がふるえて舞い上がる
靴音はだんだん大きくなる
魔女たちが潰れたグレープフルーツをさし出す
また胴体の太い魚を
一つ一つの洗面所に放つ

女は自分の腕に口をあて
しだいに自分自身を吸いとり
形を崩していく
ついには小さくひからび
だれも見たことのないものになり果てる
靴音が近づき
耐えがたく大きくなる
永遠にすれ違う瞬間だ

女はケースに保存され
無事生きている人間たちをまわりに集めるだろう
だが魂はどこへ行ったのか

こんなふうに
いわば
自分で自分を食べてしまった場合には

秋の心臓

きょうは風景が急に小さくなって見える
物と物との距離が広がり
斜めのものは角度の鋭さを増す
冷たい飲み物はぬるくなり
ストローが風に飛びそうだ

夏じゅうからっぽだった寝台の上に
今はだれかが横たわっている
その人の体は後ろ向きだが
前半身がないことはわかっている
私の足
私の腕のすこしの筋肉
に力がこもっていることも

私は水飲み場にしゃがみこんで
刃物を研ぐ
力は使われ
次々にまた生まれてくる
刃物を研ぐ音が
せつなく
空気の中に軋みこんで行く

私は寝台の上の人が気になっているが
その人はだれなのかと
だれに聞けばいいのか
私に極めて近い人のはずなのに
考えてみようとすると
どこか吐きそうだ

撒水機がくるくる回りながら
正しく規則的に水をうつ

あたりをすっかりぬらし
もうぬらしすぎているのに
いつまでも放置されている
そのようすはとても孤独で
人の心臓を思わせる
持ち主の意識からさえも遠く
まして他者からははるかに
隔たっている

音波だけが

朝からずっとモーターの音がしている
人の行かない温室群
止まっていた水道の蛇口から一瞬
水がほとばしる
ので私は飛び上がる
猫ととかげらだけが通じている道は
どの物かげも青い

終わりのない白く高い壁のような
午後の裏側に閉じこめられる
ここではますます光の量が増え
緊密に固まっている
放棄された溜め水の
濃い緑色の底に潜むもの
地面近く暮らすものたちが熟知していることも
人には秘密のままだ
表側の世界では
若い女たちの細長い足が隠された建物に消えてゆき
幻像のように桃色の花ざかりだ

古代人の白骨について

階段を下りていくと
陽なたの方から土の匂いがする
木立ちの奥の食堂では
娘たちがアイスクリームを食べている

広いガラス戸の外から
小さな子供らがそれを見ている
子供らははだかで
やせていてたよりなげだ
見えかくれする
清掃人の一群
彼らは清掃道具を手に持ち
列になって進み
いたるところを水で洗い流して行く
金持ちのためのゴルフ場は金網で仕切られ
芝生は高いところまで全く輝き
少数の人影が動いている
花々が豊かなあまりに昏いころ
公園の管理人は
ゴミを埋める穴を掘ろうとして何かに突き当たる
それを何という名で呼ぼうとも
すでに手の施しようもなく長く
死んでいる

Ⅲ　黄道を

四月の第一日曜日

この土の下に汚物がある
コンクリートの坑道を進む
私たち
長い鋼になって

花は見えない世界がふき出して来るもの
目が痛む

私はどのあたりにいるのだろう
角に突き当たり
底に突き当たり

暗い日曜日の作業
青い玉がバラバラ崩れる
そう　塩分も湿度も高いのよ

ここは

そこにふたがある
それからあそこにもある
土がかぶさっているけど
重い石のふたを持ち上げてのぞくと
地下に生きているものが見えるでしょう
常に息づいている長いあれ

蛇行する水仙
曇り空の下の不安定な黄色
夜が迫っていると思う？
いいえ　まだ朝
どんどん暗くなる朝

今日は昼も午後も夜にはつながらない
ただそれぞれの果てへ
どこまでも入りこみ消えて行くだけ

この空気の中には何かたくさんのものがいる
四方八方から押しつけてくる
とても動きにくいから
ずるずる這ってでも進む

高いところに紙のおむつがひっかかっている
それに指輪が数個
前の食べ残しはごっそり袋の中へすてなくちゃ
赤くみずみずしい果物も
ここではものは古くはならないらしいけれど

汚物が人知れずとどまる
あちらこちらに
今はだれのものでもないから
だれのものでもあるものとして

頭の上で音がする
黄ばんだ白い馬がひとり駆けて過ぎる
持ち主はどうしたのだろうか

心が痛む
楽しむつもりだったのよ
ここに来たのは

置きみやげ

出てもいいと言われたので
私は眠くてあかない目にコンタクトレンズをねじこみ
口の両端をホチキスで留めた
これは痛くてがまんできない
針をはずす時がもっと痛い

出てもいいと言われたのだけど
四方の出口は足がすくむ高さにあった
中に引き返して階段を探しても
階段らしいものは混み入っていて
どうしても下りては行けない

黒いモーニングを着た男が
あちこちに現われたかと思うと消え
私は少しずつ遅れてしまう
彼の方からひどくいやな匂いが流れてくる

それともあれは髪の毛の束?
このビルの中のあちらこちらに
髪の毛がはえてそよいでいる?

ああ　お姉さん
ああ　おばさん
ワニ皮のハンドバッグを持って
通り過ぎて行く

どこかで鉄のドアをバタンと閉め
チェーンをガチャガチャとかけ
とても腹を立てた人がいるようだ
どこにあんなドアがある?

この階段は
下りていながら上がっていたり
走っても走っても
もとにもどる

最上階にバスタブが一つ
熱帯植物
ころがった歯

私と同じような人がもう一人いることには
気がついている
だけど彼女とは遭遇できない
紙一重のところで
背中合わせになっているらしい

コンタクトレンズが目の中で広がり始めた
もうほとんど限界まで

外でカチャカチャ音がする

牛乳配達が新聞配達を追っかける
またいつものけんかを始めたらしい

空がだんだん水色になる
建物も水色に染まり
輪郭を崩しながら
飲みこまれて行く
持って行って
持って行って
牛乳なんか全部

バラバラのカタログ

目がさめたばかりのような
風
が強い日は
空が地平線の方向にぬけていく

木々が量感を小さくする
建物の高い窓に人が
こぼれている

にあわない
その服、にあわない

中間的な日々
調査員の訪問を受ける
この家には
男二人　女一人住んでいます
性関係はあります
やや
生きのびようとしています

手ざわりがない
牛乳を握り潰すようにこころもとない

カタログが届く

胸を大きくする薬
背を高く見せる靴
精力を強くする飲み物
やせる下着
ボディビルダー
に一日見とれる

調査員から電話がかかる
もっと
もっと告白せよ　と
事実とは違う　と

事実は拡散し
すみずみに行き渡り
どの任意の一点を割っても
そのままに顕われるのに

それでは私
これらをみんな

貰います
わからないように
送って下さい
代金は分割払いにします

（『四月の第一日曜日』一九八六年思潮社刊）

詩集〈ミルキーメイ〉から

緑

展開図

金属棒のまわりを流れる
日光
がらんとした冬の
光の総体の奥で
蠕動する時間

　小動物は眠る
　明るい時間を流して
　眠りの純粋さが鼻孔からもれ出ている

はりつめた夢の中を
自動車が立ち去る
巾のある空気に折りこまれていく
いくつもの自動車

奥へ
もっと奥へ
山の方へと
曲がりくねって消えていくバスが一台
ものが言えない赤目の工夫を満載している

緑

目がさめるとすぐに窓をのぞくのが習慣になった。このごろではもう私が起きるよほど前に夜は明けきっている。窓の外ではまたあれが増えている。私はそれを確認するために外を見る。

私は窓をあけて身を乗り出してみる。今日の気温を測ってみる。半袖の服か長袖の服か決めるために。朝の匂いがする。冷たくて甘い。

何か夢をみたと思う。大勢の人といっしょだった、ざわめいていた、と思う。それでもどうしても思い出せない。

私は体温計をくわえて歩き回る。すぐに口の中に唾液があふれてくる。

窓の外ではまたあれが増えている。あれは全く音もたてずに毎日増えていく。あれの間には区別がある。色も形も少しずつ違っている。それでもあれはみな同じものだ。同質のもの、同一の欲望を持つものだ。

私は夢について考えようとする。大勢の人々。そのざわめき。口の中の熱。それでもどうしても思い出せない。

ミルキーメイ

Cracked November

体温計と腕時計のあいだで
うちひしがれている時間
時間の無限のヴァリエーションのために

玉ねぎの葉がとがりつづける
このごろあなたは目に影がある

カーテンの奥から
いびきが聞こえてくる
あれが私たちの父なの
父とはどこか見えないところで眠っている人なの
父の疲労が私たちを脅かす
体温計をもう何個も割った

水銀の玉は小さくなって散らばっていく
一つ一つに光を映して
物の下に入りこんでいく
涙もこんなものならよかったのに
私たちは疲労を空に飛ばす

　　このごろあなたは

このごろあなたは目に

このごろあなたは目に影
時間の無限のヴァリエーションのどこにも
身をひるがえして消える人の残像があった

一人ずつ秘かに
腕時計の小さな円を所有する

小さな円
もっと小さな円
中くらいに小さな円
別々に音をたてている
小さく確実な音

Floating February

階段を
だれかが走っておりる

ここでは長い
花のにおい

だれかが表へ
表から道路へ
車が無言で走りぬける
広い道路へ
道路の先へ
もっと先へ
だれかが走って行った

その後で

空き家の部屋部屋が
煌々と浮かび上がる

私はくしゃみする
続けて
もっと続けて
二度と止まらぬくらい続けて

空き家の電気が消える
何かあるとは思えぬくらい
そこは暗さの穴になる

そこでは長い
花粉の流れ

だれかが走って行く先の先で
道路は回って
くねくねと曲がって
だれかはそこを飛ぶように走って行った

そこでは長い
時空のよじれ

Winding August

〔yellow〕

八月の地上のそこからもここからも
ひたすら鳴き上げるセミ
晴れ上がってかげり
また晴れ上がる空に向かって

晴れ上がってかげり
また晴れ上がる空に向かって
ひたすら持続するエンジン音
中央自動車道

諏訪
駒ヶ根
恵那

信越放送
岐阜放送
中部日本放送

周波数が変化していき
強い雷雨域に突入する
視界ゼロ
手さぐりの時速八十キロ

「名古屋の空は
もうまっ暗です
すごいですね
今にもザーッとくるでしょうね
ところで——さん」

その——さんを
私は知らない
中部日本放送ともすぐにお別れする

米原から
雨域が通過した後の
北陸自動車道へ
北陸自動車道は日本海まで
ぬれて光る道路
夕方の黄色い空だけを映して続く

——八月はセミ

——八月は雷

——八月は高速道路

〔red〕

国立府中インター近く

中央自動車道の上から
ミヤコにのぼる月が見える
厚いスモッグのレンズを通して
ぼやけて赤く
ふくれ上がって浮かぶ

ミヤコの人々の頭の上に
八月の満月は夢のように停止する

　　ミヤコの人々
　　　——テレビに向かってテレビの肉体になり
　　　——地下鉄に乗って地下鉄の肉体になり

インターチェンジを下り
にぎやかなミヤコのわびしい周縁部にすべりこむ
私たちはクルマの肉体である
　（府中　さびしいな）
　（国立　暗いな）

新小金井街道
ここで繁殖しているのは植物と
自動販売機
百円玉を落として今
自動販売機の肉体になる
つぶ入りオレンジジュースをいっぱいに飲みこんで今
つぶ入りオレンジジュースの肉体になる

Pale September

白いカーテンがひるがえり続ける
教室の窓ガラス
雨滴のあとにほこりが付着して
一面にかわいている
夏休み　無人の校舎をとり囲んで
何度もあった激しい雷雨

秋の音は
どこからくるのだろう
少女の歌声
こえはどこからくるのだろう

もう秋だ
と人が言った
私たちは黙っていた

黙っていた私たちに
別々の秋が始まっていった

お祭りの夜店にならぶ
さまざまなお面をつけた秋
高層ビルとビルのあいだで
方角を失う秋

騒々しい教室で
窓をふりむいた一人の目が
ふいにコップの中の水
になる

どこからくるのだろう
あの音

机の上に一枚ずつ
同じ白紙を配られて
何も見えないものをのぞきこむ
一人一人

通路

一階で雨がふりはじめ
やがて隅々まで雨でいっぱいになる
二階の基底部がぬれはじめる
三階で湿った空気が煙のように這う

建物のどこかにある便所
古い排泄物であふれ
知らない人々の痕跡でよごれ
今はこわれ
使うことができない
その場所を探し出せない

窓から見える中庭

その重い花の下で
小さな少女が黒犬に追いつめられる
スカートの中の丸い腹部がかたくふるえる

雨が階段状にふる
知らない人々のざわめきが
雨の音に混って再生されはじめている

階段
　踊り場
階段
バルコニー
階段
　歩行につれて建物の中をめぐり
　どの室にも通じない
数多い部屋の存在を壁の後ろに感じるのに

中庭では黒犬が獲物を失い
出口を探してくるくる回る
中庭も完全に閉じられている
満たされたことのない欲望に口の中が赤く燃える
ありえない純粋な緑が洗い出され
ついに
草がいっせいにのびはじめる

小屋

彼女は緑と毛虫の領域にいた
私たちは緑と毛虫の領域から走り出した
自転車が軋む音たてて行く
雲が南西からたえず流れている
ナイフのように立つ草の領域を過ぎ
私たちは大きくカーブしながら走った
私は苔とみみずの領域に走りこみ
タオルに顔をうずめた
タオルは盲目の匂いがした

私は一日が終わる透明な小屋の中へ入って行った

生物

水の中の長いひも
水の中でゆれる長いひも
水の中でゆれる長いひもの群れ

水の中でゆれる長い平たいひも

あれがきらいよ

水の下の水流
夢のみずうみ
縁を行く小船

あれがきらいよ
でも

廃村の
だれもいない家に
残る夢
ひとり
けいれんする蜥蜴のまぶた

Trembling

五月の
さわぐ風
その中の
夜の街の音
その中をおしよせてくる
夏

夏
あらゆる夏
夜の中の

自動車の音

道路がのびていく
　さわぐ風
　夏の海岸
　夏の街
　夏の線路
　その中の

　　　　　　　自動車の音

道路がのびていく
　果てのない
　信号の明滅
　果てのない
　潮のしぶき

見つめ続ける
　夏
　遠い国
　夜の国の
　夏
　その中の

　　　　　　　自動車の音

（『ミルキーメイ』一九八八年思潮社刊）

詩集〈春分　vernal equinox〉から

Summer Song

水分で飽和している空気
　の中に
　　今
光る乳が流れ出る
　　　花屋では植物が
　　　　かたまっている
家々の無人の気配
　昼の町は記憶の無垢へ向かう
バスで海へ

茫漠とした深まりへ
　　道路の下の水音
　瞬間に過ぎ
　ひまわりの花弁のふちで空気は分かれる
ホテルの看板をうずめてのびる草
　草むら
　　ぬかるみの跡
（彼らは抱きあったの
　だったか）
ぬかるみに残るタイヤの跡
　海へ
　　　時間の断層
　　過去へ

投げる浮き輪
漂っていく浮き輪
　　恐怖に似た
　　　幼い少女の笑い声に似た
　一面の反射光
　　茫漠とした
　深い

波動論

木のさわぐ音が
波のように繰り返している
白い葉裏が砕けては散る
町じゅうの葉が
億の葉が

今日は騒ぐ
　　　　　　　　　鳥が描く
　　　　　　　　　たどたどしい線

緑白色の町
光線は何重にも漉されて
全体的に降る
　　　　　　　　　カラスの放恣な鳴き声

室内も隅々まで
湿った風が洗う
折れ曲がって
吹き抜けていく
　　　　男は少年の尻の間に唾
　　　を垂らした　緑白色の
　　唾　男は少年の尻の中

に射精した　緑白色の
精液　その中の波動
清潔な海が窓を洗って
いる　はずだった

女は便器に座って覗き
こんだ　暗く赤い血が
透明な水の中に下りて
いった　両脚の間から
海の匂いがたちのぼっ
た　海の匂いはだんだ
ん強くなると女は考え
る　血は水の中でほど
けず　底の方で静まっ
ていった

海はない　ここは内陸
部だ　けれど風の中に
遠い海の湿りけがある

陽の中をまばゆく広が
る南の海　風は町じゅ
うの葉に白い波動を起
こしていく　私の髪の
毛が縮れる　南の海の
水分のために　と女は
考える

　無人の室内で
　ねずみが回す輪
　ぐるぐるるるるるるるるる

現象

I

夜のむこうに
また

夜

月が照らす
それぞれの夜に
運命がたたみこまれて
マシンガンが巡回する

夜の奥に
もっと暗い夜

月の光の単純な強さ
そして裏には
輝く白日の世界があって
マシンガンが炸裂する

夜のむこうに
また
夜

そしてもっとむこうに
本当の夜が広がり
どんな爆発をもってしても
夜はただ夜として
果てのない物質の王国を創る

Ⅱ

オートバイが谷底へ落ちる
私の部屋を虫たちが次々に訪問する

オートバイに乗っていたのはだれ？

だれでもないの

くりかえすいくつもの
明け方
だれも捉えきれない時刻
私は知らないものたちと交わった

彼らはみんなだれ？

だれでもないの

限りのない知らない死と知らない性交
私たちの体はそれでできている

性転換者の便器が遠く淋しく並ぶ
私らは世界中の便所を影のようにうろつく
無人の血が氾濫する秘所へ

私らはみんなだれ？

だれでもないの

山姥の娘の歌

生誕は山の冷気の中
霜の柱が口の中で溶ける
陽に透ける蜘蛛の糸

父たちはいない
彼らは遠い炭焼き小屋で
ひからびて転がる

野犬は賢者の目をして残る
これは君の山なの？

峠

殺人者もやがて息が絶える
谷川には裸の精霊
あれはあなたではないだろうか

生誕は山の冷気の中
それ故に私は山を恐れる
そこは生誕以前の国だから

谷川に羽虫が落ちる
裸で水遊びする精霊
あれは私ではないだろうか

夏

x

パンティをはく夏
あせた花びらのようなうすい
色の
パンティ

ぬれた水着は足もとに
　くたりと

パンティをはく
　（そのたびにしのびこむ夏）

脱衣場のぼやけた鏡に
うつる
顔

海で冷やした体は
まだつめたいまま

遠い道のり
どこへ帰るのか
わからないまま

y

花々はあてなく
夜に入る

日ごとに殖えて満ち
一秒ごとにあふれ
くずれ

私たちの短い夏
そして短い夜

ぼやけた半月の下

悪いものが遠まきにしても
彼女たちには無関係
彼女たちは　ただ
自分だけの数によって
生きる

私たちの夏
バケツの底の水
水の中の砂

z

レナ川は北極海へ流れる
私の重いオーヴァーコート
北極海の氷が船底を傷つける

船長の目には明るい翳がある
これが夏

これから先は陸が切り立ち
暗い空家のドアが並ぶ
私はさかさまに落下しそう
私の重い革靴

船長は妻と娘のところへ帰る
これが夏

elegy

色のうすい作物が
一列にのびて
六月が始まるのだ

私は暗い赤い花を購う
そのギザギザの花弁の一つ一つが夏の太陽だ

充血し

膨張する女性器
秘されており
普遍でもある
雨気が待ち構える

水苔から食虫植物が芽を出す
と　早くも
近寄って行く小虫
葉群が騒ぐ

（雷神）

火を吹いて凝固する蛙
水底では酸素が
微量に
微量に増殖される

（風神）

酸素の上昇

一千年の生命
一万年の夢想
が小さなひなの口をあけて鳴く
親鳥たちの忘却の果てで

うち続くひなの死

闇の領域から
不意に
したたり始める涙
次第に激しく

だが
細い双の腕がのび
拡がってくる空を
受けとめる

都の外で

かかしたちがぐったりと首を落とす
かかしたちの森

「私どもには脳みそがありません
けれど何かが頭の中にある
このつまっているものは何なのか
この小さな頭の中の暗いものは何か」

まわりで音をたてているのはビニール袋
節操のない
不吉な奴らのペラペラいう音

「奴らには心がない
脳みそがないこととは　心がないこととは
考えようとすると苦しくなる
脳みそがないのですから」

鳥たちは森の周辺で遊び
森の中へは入らない
かかしたちがくたばるまでは

「あそこに落ちている
あのオレンジ色をしたかたまりが脳みそなのか
あそこにひっかかっている
あの渦まきの針金が脳みそなのか
どうしたらわかるだろう
脳みそがないのに」

夕暮れが迫り
かかしたちの衣装の襤褸が冷たい風に吹かれる
かかしたちはくたばらない
いつまでも
脳みそのことを悩み続ける

「私どもには脳みそがありません
けれど何かが
頭の中に
このつまっている
この暗い

滝のある山

山頂には七匹の猫が棲んでいました
七匹の猫はいずれも真黒か白と黒のまだらで
血族であり　彼らだけで棲んでいました

山のふもとには茶店があり
板戸は閉めてありました
茶店の中で電話が鳴りましたが
だれもおりませんでした
その山には人間はおりませんでした

下の方で滝が流れ落ち
滝はいつまでも飽くことを知りませんでした

何にも飽きることはなかったのです
　　（出発の準備を始めねばならない）

鏡

集落が水面に映って揺れている
　　　水面に映るものは揺れる
　　　　揺れながら不動である
　　　水に映るものは
集落のそこここに空家がある
　　集落はすぐに消える
　　　集落は水面に映って永遠である
　水に映るものは

家々には犬がつながれている
　　犬は水に映らない
　　　犬はどこへも行けない
水は緑青の色を湛えて広がる
　　石灰が溶けこんでいるのか
　　　雨のあとなのか
　　　　　　　　　私はここまで来た
　　　　　　　　　私はここにいる
水は緑青の色を湛えて不透明に広がる

小さな女の子は水底に引き込まれた
　女の子の足もとで水温が急に下がった

水は山に囲まれて冷える

　女の子は水底で成長した
　　女の子は還って来た
　その長い髪が

水はやがて冷気を上げる

　冷気は女の子の足に当たる
　　成長した足に
　ぶらぶらと揺れる足に

犬たちは吠え声を上げない

　還って来た女の子は笑う
　　無心な笑い声が夕闇に向かって波立つ

通信

ま新しい黄緑が道路の両側に続き
車はその中を走る

夜ごとに雨が激しく
私はだれのことも忘れて雨の音を聞く
朝はだれかの尿の匂い

空は曇り　異様に新しい黄緑が
車はその中を進む

　空が落ちればいいの
　海が割れればいいの
　明日などいらないわ*

異様に新しい黄緑の奥に新鮮な黒が

それらが細かく揺れる中を車は
無垢な宇宙の奥へと

朝は夢で明ける
夢の私は醜く人にすがっていたようだ
忘れても夢の中では何も忘れない
そして知らない人の尿の匂い

ま新しい黄緑の向こうには駅が
新しくてすでに廃れ
そこを旅立って行く億万の生命

忘れないのだろうか
たとえば愛は記憶されるのか
されないのだろうか
尿の匂いは

空が落ちればいいの
海が割れればいいの
明日などいらないわ*

*三浦徳子詞「嵐の素顔」

世界

アドラー
雲が湧く
雲のこちら側に男の子
雲の向こう側に女の子

彼らはオサナイ
幼児だけれど彼らはとてもワルイ
邪悪だけれど彼らはとてもキヨイ

アトレーユ

猫の前にねずみを投げてやろう
愛されたねずみを

彼らはとても愛し合っているので
お互いのところに駆けて行こうとして凍りついた
両手を拡げたまま

アドラー
雲が湧くこのあたりはとても冷たい
あまり冷たくて墓地にいるきみが見上げても想像はできない

Do you hear………(Texas)

あなたのはだかの背に
あなたの背に斜めに陽が射しているので
あなたの肩は影になり
革のジャンパーを脱ぎかけたあなたは

後ろ向きのまま光の檻に閉じこめられる
あなたの首で生ぶ毛が揺らぎ
あなたの背骨が恐竜の時代を向く
(あなたというカラダ　あなたというタマシイ)

小さく丸い乳房が冬の室内を尖らせている
頬と指先は白く乾いている

外で扉が開いてまた閉じる音がする
あなたとは関係のないところで

遠い荒野を車が走って行く
彼は今日も一日走って誰にも会わない
あなたとは関係のないところで

滑らかな冷たい革があなたの背中を滑り落ちる

あなたはこちらを向く
うつむいたくしゃくしゃの髪と半開きのくちびるが
くちびると同じ色の乳首が

けれど
戸外にあふれる陽光
古い
古い
土地

花

辺境で椿が咲き
都市で椿が咲く
辺境の少女がみる都市の夢
だが黒いスクリーンが蔓延する

私は色が白くなったの
私は少しも陽に当たらないで働いている
色が白くなってうれしいの

汽車が海に墜ちる

都市の少女がみる辺境の夢
蠟燭の火の中で

すべての汽車が海に墜ちる

華やかな蜃気楼

だれかが来るような気がしていました
こんなところだから
その予感のために私は
歌がこんなにも上手になりました

あまく
つめたい
歌

vernal equinox

黄道を
白い人が渡って行く
彼は神の束の間の代人

アネモネは
〈紫〉
〈紅〉

精液が点々と滴る道
彼はおののく

白い砂が輝く
無人の戦域

彼ノカラダガ分泌スルモノ
彼ノ額ヲ濡ラスモノ
彼ノ股ヲ流レルモノ
彼ノカラダハ破レルダロウカ

樹陰の部屋
花粉が散りこぼれる

彼の息の音が大気を伝わって来る
存在しないものが地上でそれを聞いている
　　水仙は

〈黄〉

「言葉は何のためにあるの」
「ああ
いとしいもので心をいっぱいにして
しかも
　愛し尽くすことができない」

存在しないものたちがささやき交わす

夜の口

赤いガラスの砂浜
その恋人の金星

灯台の緑の灯はひとりあらぬ方に想いをこめる
彼の恋人は遠い海の底の大蛇

波がばらの花々をはこんでくる
世界中のあらゆる求愛がぬれたばらになって夜の浜辺に
　打ち寄せられる

馬の蹄の音が近づき
姿なく
私を踏み越えて轟いて過ぎる

草の目が一つ　また一つ
海からの風にかがやいて開き
つぶやく

「私の恋人はどこにいるの
　何をしたら会えるの」

妹考

ざくろの実が口の中で
透明な紅玉《ルビイ》が「かなしい」と言ってひろがる
姉は山の中腹から飛び立って行きましたの
ふもとから見ると白い大きい鳥のように見えましたでしょう
実は私も飛べますの
ほら　まだとても下手ですけれど
りんどうの青い炎がもえる
熱すぎて誰もさわれない

生命幻想

草の上の夜が明ける
緑の中に溶けていく夜のタマシイ
人々でもあり
幻でもあるものが草の向こうを歩く
　　　　　　　　（墓は掘りかえされるだろうか）
　　　　　　　　（肉はもう消え失せただろうか）
夏の道を辿ればどんな場所へも行ける

としても

私も正午には消滅しそうである

母の部屋

病院の午前四時に母は退院する
私は母と車に乗ってハイウエイを走る
夜明けが近づいても知らない　夜明けはもういらない

病室はただちに静かな空室にしなければならない
廊下は夜中息づいて様々なものを抱きこんでいる
私も廊下と同じ息づかいになった

苦痛が生み落としていく汚物
私もそれになった

ハイウエイの上の母と私
見知らぬまっ白な夜明けの部屋になった

（『春分　vernal equinox』一九九四年思潮社刊）

詩集〈黄道と蛹〉全篇

死者ニ向カッテ

桃色ニ燃エル天球
死者ハ甦ラナイ

ヤワラカナ草ノ葉
花ビラ

　午睡ニ落チヨウトシテ不意ニ叫ビダス女ノ子
　何カノ思イ出ガ彼女ヲ眠ラセナイ
　透視スル生死ノハバ広イ境界

針金ノカーヴニ収マッテイク野ニ
私ノ帰ル場所ガアッテ

あ　あ　あ

懐カシサト恐怖デ動ケナクナル

ヤワラカナ頬

透視シテモ見エナイ方向ガアル
死ハイツカラ定マッテイタノ
アノ時？　アノ時？　別ノアノ時？

Paradise

遠くで雨がふっている
遠いところ
バルドよりも遠いところ
プロギイナよりも遠いところ
晴れやかに

透明のしずくが群がって落ちる
そこに人は行けない
そこで人は死んでしまう

ある種の生きものにとっては
そこは何でもないところ

もっと遠くでも雨がふっている
硫酸の雨
そこに行こうとしただけで死んでしまう
少しも近づくことができず

もっと遠くでも
もっと遠くでも

裏側の宇宙
晴れやかな

そこから想ってみることも
　できないほど遠くに
私たち

　　純粋なる接近

上海

上海の蒼穹
赤いカンナ

そこを行く女が正気であったか狂気であったかはどうで
　もいいこと
どちらでも同じことである
やがて彼女がどうなっていくのかも

煌めく水蒸気
白い土が語り　そして決して語らぬもの

私の血が落ちて消えた庭園
その人けなく解放的な厠所

柊

死者は死棺から起きあがり
嚙みつく
憎しみではなく苦痛から
それを止めようとして私は力を使い尽くす

森の奥深く
ハイヒールを脱ぎ捨てる

　ダッテ
私ガサビシイダケノコトナンダモノ
モウ起コッテシマッタコト
モウ取リ返シガツカナインダモノ

波が
次々に波が
波だけがあって

首狩り族が摩天楼に棲む

秋から冬へ
秋から冬へ
裸体が針のように墜ちて行き

乳房が膨張と収縮をくり返す

崩れていく骨が背後を覆うのに
私はなお違うことを考えつめる

森の奥に白い池がある

白の位相

病者は
ふっくらとした花びらの間で眠りに墜ちる

花の根方の白い虫を夢で観る

コレデハマルデ蛇ジャナイノ
そう思って涙は溢れる

　　太陽が燃えて
　　燃え尽きるというお話

　　背後には常にあらゆる鳥が隠れている
　　というお話

病者は
ふっくらとした花びらの間で目覚める
その目が
苦しげに開くか甘美に開くか
観ることのできる者はいない

翳

砂が展かれて
小さな菫が棲む

空き家には影だけが棲んで動く

「ええ　ひどく細っそりとした日でした」
「地球ヲ抱ク　トイウ　exercise　ヲ
モウ五年モ続ケテイマス」
「男には何が必要か考えたことがありますか」
「エエ　デモワカルハズモナイコトデス」

物《ブツ》ハドコニ？
仏《ぶつ》？

魚が吐く泡

落とした鋼貨を探し続ける

昼夜を貫いてやっと届いた眼差しが深い水の中に沈んで
いく

「瀧はいつも視界の外側にあるのです」
「感じるだけで見ることはできないのです」

指輪が人の夢から夢へと飛び移る

上昇宮

ひまわりが首をぐるぐる回す
太陽が近づいて来る

死骸は視界のどこかに転がっている
夢はそれの髪の毛のそよぎだもの

ひまわりの中心は濡れている
過ぎた夏の日々　待ちわびられた日々のすべてを沈めて
指を誘う

今ハスベテニ触ルコトガデキルヨ
コンナニ蒼ザメタ夢ダモノ

駆けぬけていく巨大な生きもの
その中にも思いつめた過酷な双眸がある

レールがひどく乱れてこんな世界の外側へと続く

言葉の蛇

雪が夜の底の底よりも深いところで輝き
夜明けが近いのか夕方かわからないように
空は時刻をなくして何かを迎えいれようとしている

蛇の伝説！

あなたの単純な心はこんな時間をどう凌ぐのだろう
眠っている時に
心は目覚めていくのに

雪は口の中から入り　私の中に一地方を創った
一つの辺境
氷柱が垂れ下がるもっと奥に横たわる

守衛はいつも何の役にもたたない
私たち
どんな防壁もすりぬけて行くから

蛇の腹の中の雪の地帯
鋭い結晶が重なりあってあなたの瞳を宿す
高楼は八千年前から無人
埋もれた人形《ひとがた》はどれもあなたの貌《かお》を映す
その貌は何度でも世界に顕れるでしょう
けれど
人の世の終わる時

その貌は消える
雪の堆積の上にばら色の炎が映る
それは私がここで火を燃やしているから
私が人形たちの天空だから

時の空を貫いて飛ぶ蛇
その蛇が思いもよらぬ小ささであることを
あなたは知っているだろうか

親和力

風景は水に浸され
傷ついている
葉緑体と共に泳ぐ魔の子

高速で回転する微粒子群の中に二つの唇がある

それは病んでいく歌
　　　三角形
　　　　　がずれながら
　　踊っている
　　　　　が
　　　ずれながら

白い円から緒がほどけていく
それを私は歩きながら見る
月かと思って
あの人のイノチかと思って
土から尾がはみ出している

花々の精霊は変態する深い機械の亀裂へと潜りこむ
接吻と抱擁
それは白熱する黄泉の太陽に司られて私たちのものとな
る

野の方向

その日
私にたった一つの目が閉ざされた
野ぶどうの蒼い房が垂れている小屋で
夜
半月が冴えかかり
私も一つの実となって暗闇に吊り下がった

秩父線

谷川は何度も姿を現した
夕星は電車の窓に幻になって映り
私はそれが実在しないことを知っていた

遠いところに釘づけられている私の生
それは途方もないことに思われた

石の呼吸は輝く粒を立ちのぼらせる
水は私の両手に絡みつき誘惑しながら捨てる

水源は夢の中で奔流となって噴き溢れていたのに
そして
それこそが途方もない道筋であるのかもしれないのに

白い百合はしばらく電車につき従って来た

姉たちが斜面に立って呼んでいる
私は姉を持ったこともないのにそれをそのように感じていた

恋は姉のしたことなのかもしれなかった
（毒かもしれない）
（罠かもしれない）

私は拾ってきた石を私の水底へ沈める
（毒ならどうする）
（罠ならどうする）

きっと悔む

＊中島みゆき「私について」より一部着想を得

月の色

水の宇宙に
上昇を続けるあえかな月

殺意で胸があえぐ

鳥たちの通信
彼らは大っぴらに陰謀を企んでいる
その暗号を解読しようと私は今夜も耳を澄ます

ミンナシネ
ハヤク

閉じこめられた花びらの先で炎が揺らぐ

aの庭

赤い百合が木のように高く咲く

それ以外に

桃色の花が中空を満たす

e
l
b
a
l
n i
o a
d v e
n a d
a u
b t

a

i

t

t

a

それ以上は不可能だと主《あるじ》は言った

主というのは見知らぬ人で
　私の暗い納屋から出て来た人だ

廃園

血の一滴がこぼれ
ここにも青い陶片が散乱し
証人が生い繁った
腕時計の針は進み

そして静止する

今
動物性の一族が崩壊する
葉の様々の形態の重なり
花々は世界の構造を支え
暦の内壁に谺を響かせて廻る

バクテリアの出番である
ジョジュ
フレア等
果敢な一族

恋は
顔に疵があって人を嫌い
至極稀に
気流に触れて歌うのである

春の遍在

海には二つの色があって
一つはこちらへと
一つは彼方へと向けられていた

　　　私は胎道の中を
　　　出ては入って
　　　海のそばで
　　　海に触れることはできないのであった

サクラが開こうとしていた

日本と呼ばれた国の
誰もいない裏側に向かって

無声

音のない春の夕方
どこまでも一人きりで時が進む
松の高い梢を見上げたり
まばらな草むらの小さな花に見入ったり
空き家の椅子で休んだり
昼はそんなことばかりしていた
ふと見ると林があさみどりに燃えたって
藤の花は白くやわらかく光り
八重桜は重すぎるほどの秘密を抱えて昏み
狂おしく時が身もだえていた
やがて闇が降りてきて
私はさびしくない　　ことがさびしいのだと
遠くの方で教える声がした

手紙が届いたら　封を切らずに*

雨がやって来た
それはどこか傷の集まっている場所から
斜めに
あるかなきかのか細さで降って来た

許してほしい
一番良いものをあげようとしたけれど
それのありかを私は探せない

星が生まれ
星が消え
人はそのはざまで半透明に渦巻いている

春は進み　花々は濡れた
春が進み
その行く先を知らない

*高橋ひろ「太陽がまた輝くとき」

六月が来る

切り刻まれて心臓だけになっても
生きるのだと
私は思った
切り刻まれた細片の一つ一つに私が宿って
それらがみんな離れ離れになっていっても

草がはびこっていた
草は陽光を溜め
虫が狂っていた

人生はひどく贅沢な品で
望むべくもないのだった
それは宙に吊り降ろされたスクリーンの中にあるかと思
　われた

その中では欲望がきれぎれにひらめき
どれが結実なのかわからず
終わっていった

湖

高い山の上に湖があり
湖はその深い水底に魔物を匿っていた
あなたはボートに乗るの？
湖の中央まで漕ぎ出るの？
そんな小さなボートで

高い山の上で
ボートとあなたは水の上にあって
天に向かっていた
その水平面は非常に薄く
在るとも言え　無いとも言えた

見下ろせば水は青緑にどこまでも深く
魔物はどこにいるかもわからないのであった

けれど

魔物はゆっくりと泳ぎ上って来る
あなたはそれを見ることはできないのだが
天とあなたと魔物とは今　一垂線をなす

＊一九九七年三月十六日東京都現代美術館に於る中西夏之氏講演「絵の励ましと日本列島」より着想を得

方解石

六月は水の匂いがするから好きだ
指に纏わる香草の匂いは苦しい

木立は真昼　闇の子を匿っている
淫らな草が現れる場所
腰から背中へと小さな蛇の通路を通わせる
古代からの歌のように起き上がる
人を失った道に蒼い風が吹き
記憶を失った建物に音のない影が訪れる
赤く押し開こうとする蕾
魚が撥ねる度に振りかえる
魚はその度脳の中の最も暗いところへと撥ね込んで沈む

六月は一面に陰が傷み
水蒸気が上がるから好きだ

夏の夜の出現

夜のおしろい花が薫り
手折る女は異郷から白い手をのばす

八時から九時へ
時間は無限に分け入っていき
時の届かない窓辺にも黄色いおしろい花が忘れられている

私たちは
恐怖を擦り込まれている
死の女の腕で白金の腕輪が鳴り

昏むように甘美なものを核に
膨らんでくる

眩しいヘッドライト

崩おれるタマシイ

見つめている暗闇の瞳

隔てる川

水に濡れて歩いた

髪をかき上げて
かき上げて

川の中を

本を持ちながら
深いところへ身を沈める人を見た

水にまみれていた

ひどく小さくなった父を抱いて

奇妙な草の生える土手を歩いた

暗く弱く恥じている父

黒い紋付き袴を着て

死ぬともなくぼんやりと土手を降りて行く父

天使の涙

1

「私は方法を知っている」
「方法を知っている」
「二人で楽しむ方法は知っている」
（ウォン・カーウァイ『天使の涙』）

猫の手のように丸くて鋭いものが
毛深いものが
私を愛している

夜の奥で生まれ　闇を伝わってくる
私はそのものを識ることができない
けれど
夜の奥が金色の実体であることを感じる
そのための方法を知っている

そして
やがて全てに取り残されることを

2

遠い遠い場所に生命の秘密がある
どんな手段を使っても
そこへ行くことはできない
けれど　不意に途上が開けることはあるのだ
すぐにまた閉ざされてしまうのではあるが

根毛が伸びていく時
いなくなった人の記憶が花のように巨きく開く時
どうしたらいいのだろう
指が空しく時を握りしめる

まっ黒な宇宙を眠る体が流れていく
体はここにあるのに
はるかな果てで一すじの嗚咽を洩らす

　それが全て
　それで終わり

樹々よりも高いところで単独の性が泡だち
薫りだけが残る

途上

太陽が拡大しながら横断する
私はそれが私にぴたりと対応していると思う
芝草の上で空気は激しく旋回する

銀色の眼が放つ欲望によって
威嚇する足音がやって来るがそれはまだ何でもない
魚は泥を食べている間に大きくなった
人の棲まない家々ではどうやって夜を迎えるのだろう
私は漸く乞うことを断念する
猫は冷たい道路に腹をつけている
私は知らない友達が私をとり囲んでいることに気づく
彼らは沈黙の裡に次第に膨張し私を暖めはしない
私はその足もとに硬くなった身を投げる

花の婚礼

蟹が泡を吹く
私たちは豹の踊りを踊る
砂の上に尿の痕跡
私たちは岩の上に腹ばう
大人は首を吊る
蛇が泳いでいく
私たちは決して溺死しない
私たちははだしだから
私たちは淫らな遊びを淫らと思わずにする

靴は遠い町のショウウインドウの中で眠る
さらに遠い町ではキノコ雲の幻がたちのぼる
私たちは結婚した
まだ十歳にも満たず
それからというもの
数え切れないくらい結婚した

季節が残すもの

雨が乾いた落ち葉の上に降りかかる音だけが聞こえる
十一月がまた巡って来た

私から逃れ出していくものの影
それが夏の花の陰で指を傷つけている
彼女を喚んではいけない
彼女は土になって崩れ落ちる

無窮

菊の花弁が細くゆらゆらと開く
どこかに匿われている愛

消えていく故郷
そこで鳴いている鳥たち

どなたですか
在るものをすべて
夢みていた人は

未定

切り立つ岩壁で動くものがある
光のなかで透ける
かそけきものが生まれようとしている

在ラセテ

古びた文明の文字のような形で
薄いものが動いている

在ラセテ

この文明の後ろ側で

そこにあるのは永遠の早春
永遠の春の手前

決して実現することのないもう一つの世界

髑髏のような人類の不在の場所で

在ラセテ

＊一九九七年十一月二十八日ルネこだいらに於る山海塾公演「闇に沈む静寂――しじま」より着想を得

プリズム

笹の葉叢で風が乾いた音をたて続けている
消え残る雪
口に含むと頭の奥で太古の時が軋む

禁じられた言葉が蒸散する
この三月の光の中を飛ぶ

「いいえ
言葉はすべて禁じられていると
知らないで生きてきたのですか」
「触れ合うよりももっと
無惨に砕かれてしまうと」

空には冷酷な女神がいて
一日中数を数えている

理解するには
短かすぎる日々
私たちの死ぬ日を
彼女は教えているのだ

蛹

水の中に浸された一本の足は
生きることと死ぬことを同時に為しながら
春へと開かれる音楽

透明な硝子にこびりつく苔の
微かな緑
そこにも残されている　生ける少女の瞳

通過するものたちが
自由に通過しながら
導いている

形なく
傷つき
見開き
埋没する
記憶
未来
深く
突き抜ける
裏側
渦

陽に照らされた一本の足は
砂にまみれた遠い日の行方を
探しあぐねて静まる音楽
闇の椿に聞いてみましょう
白い魚に聞いてみましょう
崩壊する体に名があるならその名を
岩を斫り出して海を尋ねるように
もう遅いのかもしれない
もう遭えないかもしれない
草も木もそう知っているのかもしれない

蒼白く閉じられて眠ってしまったか
もしれない

――すべての時に生けるものに捧ぐ

（『黄道と蛹』一九九九年思潮社刊）

詩集〈花と死王〉全篇

辺縁で

粘り気のある黒い土を
鈍い光が照らしていた
重要なことは辺縁で起きる

辺縁で

わたしたちが倒れると
道があらわれる
あてどなく捧げた歳月の上に
いつか
白いばらのように
かすかに

ひとすじに薫り
無常の花が開く

こうして
知らない道をめぐり
深く秘められた生きものを愛撫する

原初の孤独な太陽のため
一様に
睫毛の翳に黒い光を溜めて

見つめることがあった

励ましのための道は遠く迂回し
不可能な神の
貌《かお》が落ちている

冬の夕刻は絶え間なく退《ひ》いていき
独り

残される時間の謎の中で

めぐりあうことの
幸福と不幸にうなだれる

陽炎

花びらの降り止まない日
くちづけの中にどこまでも
行方を尋ねていく

敗北の長い影を負って
枇杷のつゆに濡れた口で
わたしたちが
時の中からあらわれ
枇杷の種を吐き出して
短い眠りに沈む

水の輪の下で
揺らいで消えていく文字とともに
約束は何度でも消え

わたしはなぜ生まれたのか

先立つ未知のものたちの息づかいが迫り
けれど　遠く
擦れ違っていく場所で

ひっそりとあふれる水に
もうわたしのものではなくなった貌を映す

残りの声

樹々に囚われて
昏倒せよという命令を聞いた
地面は黒い蟻の領分で

彼らは飽きることなく
この世の意味を記録していく

（あなたの知らないあなたに出会おうとして*
わたしたちの盲目の記述が満ちていく
読むことができないものを読むことが
宇宙を沈黙に沈めていく

夢の中では
緑色のとろりとした水面に光が射していた
夢の外側にからだを向け
わたしは笑いかけていた

そのときわたしは何か言ったのだったか
その言葉はどこから来て
わたしという無人の国を通っていったのだろうか

*吉田文憲『原子野』より

水の包み

苔をつけたまま枯れているフリージア
もう薫らないが
花は枯れた後でさらに美しくなる
ということに賛成する?

わたしがこのことを発見したのは早春でした
スイートピー　ヒヤシンス
フリージア
水仙
これらはみな　春に先駆けて咲き佳い匂いがします
枯れると水分が逃れて花びらは薄くなり
そこに色素が沈着して
非常に微妙な色彩の諧調をなします
それは忘れられた夢に似ています
眠るわたしたちから立ち昇る

一つの夢
ただ一つの薫り
解《ほど》かれない贈り物の包みのような
眠るわたしたちを見てください
奇怪な悲しい形
恐れと願いが未知の花を開かせています

雪どけの水が流れると
死んだ少女が見つめてくる
深い瞳と色のない頬
戦《そよ》ぐ繊《ほそ》い髪の毛
けれどすぐに彼女は底知れぬ国へと退《ひ》いていく

交錯

窓から侵入する水銀灯の光がギラギラし過ぎている
そう思ったのだ

いつものことなのに

TVをつけるとその中の人々もギラギラし過ぎて

白薔薇が霊気に包まれ最期の息を吐いている
だれもが生きることしか求めず登場したはずなのに
世界は解《ほど》きようもなく縺《もつ》れて進んでいく

きみの黒いダンスも少しのあいだしか許されていないね
だから

踊るんだ　思いっきり

死王よ　見るがいい
あなたのためのダンスだ
あなたに瞳がなかったとしても

——

雪が約束されている

——

鳥たちが燃えて飛び立っていくね
その炎に包まれた小さな脳髄がこの世を記憶する

わたしたちも眠ることができるだろう
眠りの中で
再び絡み合った森の中でもがくだろう
そしてまた見つけるのだ
わたしたちすべてを
その変形した一つ一つの姿を

死王よ
雪が約束されている

＊

雪の塊が消え残っている
ヒヤシンスの切り口が粘液を盛り上げる
叫びがだれの唇を割っていったの？
その滂沱と落ちた涙は流れていく先があるの？
空き家の闇の中で黒い光がまぶたの隙間から洩
　れていた
呼んでも呼んでも還ってこない春
雪の塊がまだ消え残っている

高地の想像

花を摘むのに夢中になっている人が、未だ望み
を果さないうちに、死神がかれを征服する。
（ダンマパダ）

貝の海

海が波を引き寄せる
砕けた貝がいっせいに動いて
生きていた日を呼ぼうとする

力は海の中心から来て
岩のはざまで旋回し
そのとき一瞬
強靭で深く透明な胴体を見せる

裂けた指が海藻を引きずる

ざわめきが盛り上がり
三つめの眼が薄明の中で開く

貝は
この世でただ一つの意匠をつくっては死に
その眩《くる》めく内容は
限りなく宇宙の穴へと吸い込まれていく

夢の家

バルコニーは海に面していて
といっても
手すりの外はもう海であって
滔々と
夜の海が流れていた
暗く冷たく

それは海峡で向こう側には陸地が見え
北の海へと通じているらしかった

素敵な家――
わたしは海に手を浸し
塩からい水を舐めてみた

海と家の境界はあいまいで
海が家へと逆流することも
人が海へと引き込まれることも
ありそうな暗いバルコニーだった

どんな人が棲むのだろう
家の奥深く隠れて　揺れている人々を
うらやましいとわたしは思った

奥の想い

せせらぎのそばで
羽化した蝶が羽を震わせている
白い小さなからだから

そんなにも高速の力で羽を振動させている

離れたところで
紫のほたるぶくろが揺れている
山を霧が渡っていく
山の中の道は
だれがいつ
踏み始めたのだろう

蝶はまだ
飛ぶことができずに羽を震わせている

せせらぎは冷たく
流れ続けている

せせらぎの下では金の砂が
微小に　微小に
輝いている

そんな山奥の金色の想いを
だれも知らない

高地の想像

ヒマラヤの湖に
夜が来て朝が来ても
ただ明暗が変わるだけ
そこでの一日とは何だろう

風が訪《おとな》い続けて

そこでの一年とは何だろう

ヒマラヤの湖に

だれかが貌を映すだろうか

ヒマラヤの湖に
小さな虫が棲んで
何も考えることなく
くるりくるりと回っているだろうか

森の中

ヒバの深い森に
十二月の月光が落ちる

そこを漂うもの
あなたの衣服は長く裾を引く

濡れた足で
永遠を漂うものよ

瞳は蒼く透け
鼻孔はヒバたちの馨《かぐわ》しい息を吸い
口からは霧を吐いている
指はヒラヒラと摑めないものを追っている

それは生きものの生まれる前の追憶か
あてなく燃えていた星々の夢か

どこかで水が湧き
秘かに流れて聞こえない音楽を奏でる

十二月の深い森

動物たちを眠りに落ちさせ
雪の匂いを誘い
奥から奥へ
もっと深くへ

松と身体

二つの岩が聳《そび》え
松の木が生える
そこは泉の湧くところ
悦楽の地形に
無音の眼の縁《ふち》
選別する小動物の脳髄が見え隠れする
表だっては砂の大陸
陥穽の吊り橋に富み
蒼穹に惑い続けて
花であっては腐り
一切を不信の
多毛に編み込む
不審な
驚くべき無知によって豊饒の素地をなし
次々に枯れる草となる
不毛
甦り

指先で伸びる疼痛が溶液のように嚙み
松の葉を
真の濃い緑色で輝かせる

鯉

都市の汚れた小さな川に
鯉が太り
夕暮れを映してひとすじに
曲がってさらに都市の中心へと
流れていく

小さな川も空を映せば
底なしになり
鯉はおびただしく
川を泳いでいるのか空を泳いでいるのか
わからない眼を見開いている

汚れた川と
汚れた家々

空が
幾十億度めかの夕暮れを
初めてのように染め上げると

深く巨きな虚無の闇が
どうしても　また
宇宙の胎《はら》から拡がってくる

薄暮の色

たそがれの白を追い
脱け出していく影

だれも知らない一隅で横たわる裸形の
その失われゆく時のために

肉は不意に生きて薫り

それでもいつか
潰《つい》えていく時のために

言葉がただ
厚みのない文字としてでも
生きることを

それは膚と同じものであった

行き着けないと思い
そう思った後でなければ　必ず
行き着くことのない
恋するものの不思議な膚

ここに花はなく
ただ　裸形が世界から隠れ
そうすることでどこまでも世界へと分け入っていて

送られていることの源へと
それとも知らず　彷徨《さまよ》っている

だれも知らない一隅で起き上がるとき
記憶が滴のように落ち続け
おそらくは意味のわからないそれを
悲しみと間違える

犬

わたしはインドに行きたい。あるいはパリに。いや、パリでなくもっと田舎の方。フランスの田舎。ごつごつした岩だらけの、ヨーロッパ大陸の膚が露出しているところ。そこに陽が照りつけ、岩も砂も乾いて白い。それがわたしの夢みるフランスだ。そんなところがあるだろうか？　なぜわたしはそれをフランスだと思うのだろう。あるいは、それは本のこと？　捲っても捲っても白いページ。白い光。その上に思想が、岩のように確固として、けれど岩のように脆《もろ》く、崩れる予兆をなして、置かれている。

インドは緑色の川。緑陰豊かな、たっぷりと溢れている川。そこを小さな舟で行き来する。ヒマラヤの山々が雪を頂いて聳え立っている。そんなところがあるだろうか？

わたしは犬といっしょにインドに行きたい。そしてフランスに。犬は、小さな男の子になっているだろう。きちんとした服を着て、お行儀よく半ズボンから突き出ている膝を揃えてわたしのそばに座っているだろう。時々、興奮して立ち上がるだろう。そうすると小舟は揺れる。わたしは彼を押さえるだろう。彼は船べりに手をつき、水面に顔を突き出し、水を飲むかもしれない。そのとき、男の子の中から犬が、あらわれ出るだろう。血統正しい、そしてあまりにも犬らしい、普遍的な犬である犬。

鳥

オリーブの樹——。その公園にはオリーブの樹が数本群がって立っている区域があった。樹は大きく育ち拡がって、黝《あおぐろ》い実をたわわにつけていた。わたしと女友達は実を少しばかりもぎとった。

この公園を抜けると新しくできた美術館がある。美術館では作品が生活と切り離されてしんと静まり、わたしたちを待っている。

途中には運河があり、黒い細長い鏡のように揺れる世界を示唆していた。鏡はどこまで深いのだろうか。それは河の底には関係がなく、天と同じく測りがたいものであり、それを覗きこみながら行くのだった。

だがわたしたちは、オリーブの林の中で道草をした。気がつくとわたしたちは二羽の鳥になっていた。オレンジ色と緑色の、あるいは濃い青の混じった、よく囀《さえず》る鳥。脳髄はとても小さく縮んで、わたしたちにぴったりの大きさだった。

わたしたちはうるさいまでに囀り、飛び回ったが、だれに咎められることもなかった。遠くの方に、おごそかに、静謐に、美術館の屋根が聳え、その上では大都市の空が水色にけむっていた。

美術館の作品たちは今はもうだれに観られることもなく、永遠の貌に向かって時間を止めていた。

朝

朝
光の塊が斜めに君臨し
薄いヴェールを送ってよこす

更衣の冷たさ
鏡の中には昨夜の死の亡霊が消え残っている
夜の中で汚物は洗い流された
その中から取り出したのは一袋の紙の束
光と時間が文字を紡いだ

沈黙が
エメラルドのように置かれている
始まり

小さな動物たちの瞳の粒が濡れて
細い脚に温かい血が流れ
すぐさま　駆け出していく

乳首の夢から醒めたばかりで
次には　咀嚼するものを口に入れようと

カタラ

わたしが知っているあの地方
祖母がカタラの葉を採りに連れて行った道は
焼き場へと通じていた

到来

風がガラス戸を揺らして
冬が来た

なすすべもなく寝ころがる病気の子の
瞳の中でガラス戸が鳴り
曇りガラスの向こうで
しきりに何かが訪《おとな》う気配

それが人ではないことを
病気の子は知っているけれど

助けて　と
誰に言っても無駄なことも知っているけれど

懐かしさと怖さで
ガラス戸に向かって瞳を見開いている

これから冬が来て
咳で胸がつまり
その時には
苦しいとさえも思うことができなくなり

あの
陽が当ったり翳ったりするガラス戸だけが
誰もいない野の果てなさを
子供に伝え続ける

死んだ海に

むかし
一つの海水浴場があった
「楽園」という名前の
山の間からバスで下って
ついに国道に接するところ

車の轟音の行き交う先に海はあった
光と光がぶつかり
まるで曇天のように記憶が昏み

豊満な母の笑みと
浮き輪をつけた童女の一日
塩からく実った肉体のなかで
なにものがめざめていたのか

国道の
活気をむさぼって絶えていく虫

その向こうに海が
砂を巻き上げて茶色に見える海が
伝説を裏切り　何の夢をも越えて
茫漠と揺れ続けていた

わたしはその先を見たのだったろうか

むかし
「楽園」という名前の海があったころ

曲がった石段

棕櫚の樹の向こうに朝ごとにけむる空が
違う生を冷んやりと拡げている

蛞蝓《なめくじ》が休眠する石段を降りていくと
生物の臭気が吹き抜ける
花ひらく旅上の脳髄
襞から襞へ　陽の目をみない精神は逃れていく

遠い河
手を伸ばしても届かない深さに

一番はじめの欲望は泳いでいった

くりかえし石段を降りていく
忘れられたしぐさや行為は霊のように残っていて
治らない傷口を死の世界へと向けている

カタラ

織く
菫咲く
金網の中に主《あるじ》なく

幹のくねり
ことごとく先端で開き
仰いでは墜ちてゆく

時間の滴り

ふくらみを帯び
霞とか霧　を濡らして
くるむ虫の仔

羽化しては　山を越える
栄華である

灌木の下を這い歩き
あまりにも永く筋だつ薄陽か
白く暖められる

カタラの葉を採り集めて
焼き場へと埃立つ道
埋《うず》もれて廻る

土くれが高みで崩れる
あわあわとあまく　咽喉から
見知らぬ音色を吐く

縁《ふち》の草　褪色して揺らぎ
一つの方《かた》へと靡《なび》く

水晶地方

剣としての葉が伸長する
子供の日の
中性の手脚を恵み
くるくると空から旋回する

夏に盲いている戦場
背く横顔のひらめきを
水晶の山へと還す

何人いたのだろうか
その山

酸《す》い茎を食べ

あまい穂を嚙み
陰茎が揺れて
忘れられた

やわらかな種を割って
さらに中の核を見つめる
そこに烈日の静寂が遺っている

草色の蛇が斜面をのぼる
陰でうかがっていた双眸を収め
やがて黒く焼かれる身が潤う

蜃気楼が眩《くら》み
国であったことのない土地が
横たわる

冷血

1

遠くで夏が逝こうとしている
ずぶぬれで川を蛇行し
下っていった　昨日という日

いつから
明け方の空気は冷めていった?
廃村を巡り
欠けていく月を追い

どんな草も知っていることは語っていた
馴染みのない親しさで

一昨日は
雲の湧く根まで行きたかった
何を知ろうとしていたのだろう

きりのない草の　謎の言葉にこころを摑まれ
家系は
果てていたのに

2

氷柱《つらら》を舐めていた日

透明な光るものが一滴ずつ
暗い谷へと落ちていった
氷柱は冬空を映し
冬空は知らない宙の裏側へと繫がっていた

ワタシタチハドコカラ来タ？

きりのない冷たさの下に
温かく濡れた舌を隠して
永劫に
離れ離れになっていく

氷柱があらわれた喜びにふるえ
互いになくてはならぬ相手だったのに
跳ねる素子　弾ける素子
そして怯えて　静まっていく　垂れていく

暗い谷へ
故郷という星雲の氷の海へ
常緑樹の沈黙の槍に突き刺されて
毛物《けもの》たちの息が取り巻いて高まっていく

新世界へ

宇宙の静けさの底で
なぜ生きものは恐怖している

秋

晩夏の汗が滴り——
血ほどに赤い芙蓉が長い逡巡の後《のち》に花ひらき
割れたイチジクの実はひたむきに病んでいる
白砂の小道が絶えず秘密へと伸びている
静寂のものたち　猫たち　蝦蟇《がま》たち　蚯蚓《みみず》たちが
微睡《まどろみ》の後《のち》何かを意思して動いていく
生の果てにまた　知られぬ生のあるように

午後、こおろぎが小屋の裏で掠れた声で呼び続けている
そこにはいじけた草しか生えてこないのに
光線は斜めに射しこみ何度も何度もぐるりと回っていっ
　た
けれどこおろぎには遠すぎてわからない
メーターを調べる人の影が滑っていったようだ

表通りを音楽を鳴らしながら車が行く
あれはワグナー——
人々はいつも勘違いしてとんでもないところで鈴なりに
　咲いている
南の空はどこまでも開けて——
晩夏の雲が次々に湧く方角から
誰も知人のいないものの貌があらわれる

首都高速4号線下

玩具のような車が行き交って猛烈な交通が破産する。

破産だ破産だ、と女はいつも叫んでいるのである。

高速道路から紫色の光が甲州街道に降ってくる。

西へ行くと高尾、東へ行くと都心。どちらに行っても細いヒールがかかとに喰いこんで痛い。

冬なのに汗をかきあっけなく滅びていく。

思い出は何もない、玩具のような車が走り抜けても。

幸福だ幸福だ、と女はわめきたてるのだ。

寺院が集まり墓は合唱している。
その歌を誰もが聞いて安心立命を得ている。
全く、墓のない人がいるでしょうか。
いるでしょうか、いるでしょうね。墓が口をあけて合唱する。
夕暮れに紫色の光が降るので尿に濡れた舗石が美しさに痺れている。
小熊座だ小熊座だ、と女は秘密を漏らすのだ。
歩道橋は危険だ、ねずみの幽霊が集まっているから。
冬のまぼろしの雨が通り過ぎるとそれらはぽたぽたと垂れ落ちてくる。

二月の名前

窓が明るんで二月の街の底からどよめきが伝わってきている。気温が下がると風になるのだった。風はいつもながらに太古からやって来て濁った匂いを混じりこませている。太古からぐるぐると巡っているのだ。

遠い水の匂いをかいだと思った。土が腐っていくとも。あなたの言葉は何日も前から箱の中で眠っていて陽の目をみることなく死んでいくだろう。間に合わないわたしは迷路に入っていく。
だれもいない時代（場所）からやって来る言葉があるような気がして水に沈む刃《は》が光った。現在の戦場にもキャンプにも二月の風が吹き同じ鳥が鳴いている。人が事切《こときれ》れる近寄りがたい時間、おののきは消えることなく蛇のようにうねっていく。復讐が世界に生きのびていくのだ。陽が落ちると春の空がある。どれだけの二月が重なっているだろう。名をもたないまま。夏から生き続けている花々が独りきりで人生を終えるものたちを見つめている。とりかえしのつかないことばかりでぎちぎちと詰まっているのだ。あなたの言葉の入っている箱には無限の空間があっていつかは色々な種類の葉が濡れて繋っていくのだろう。

南の都市

南の都市はさびしく廃《すた》れている。

柱廊から柱廊へさ迷う影は汗ばみ湿気を吸って潤んでいる。

深い南、深い深い南である故に人の意志はガラスの中に秘められて不明になってしまう。

ここで生きようとしたばかりに凶暴な罪人となって独りで流れていく。


行き交う影は貧しさに濯《すす》がれている。

百年前、二百年前なら富み栄えていたとしても。

館は無人。戸口に斧を残して盗人は隠れている。

ああ、陶酔を、陶酔を、と売人の中毒者が渇望する。陶酔するたびに周囲の荒涼は増していくのに。


ここで恋をしようとした者がいた？　なぜそんなことを考えたのか？　この死にゆく都市で。蔑まれている者が。

優しい昼の花々から小さな花束をつくったのか。恋の中でだけ不滅が咲いているのを見たのか。その者はいま誰よりも惨めなものになって昼の世界から消えた。風船のようにふらふらとした首を月の下で揺すっている。彼の胸の中に灼けつく滴が落ち続けいつか存在の底を突き破っていくだろう。


想われた者はどこにいる？　血の透ける頬。それ自身どうしてよいかわからなかった一度限りの生気。

彼女の夏のドレスは暁の南の空の色をしていた。そのドレスを纏《まと》ったままどこか墓でもない土の下に横たわっているのか。ドレスの汚れた布地に南の空が明けようとしている。くりかえし、くりかえし。虚ろになった眼窩でも彼女はそれに見入っている。


街の端を流れる河から水蒸気が上がってまばらな船の乗

客の皮膚を濡らしている。この船は観光船。どこへ行くわけでもない。そこらを一巡りして帰ってくるだけ。何か勘違いをした観光客が時折り乗り込んでくるだけ。この街の精気は河の中を流れている。魚がおびただしく棲息しあちこちで勝ち誇って飛び上がっている。けれど少し上空から見ればさびしい街の外れをさびしい河が流れていくだけ。これが南。深い深い南。崩れていく細胞がなおも味わい続ける故郷。幻の中で浮き上がる（華麗な）生の喜びの源である。

新世界へ　風の脈拍

パタパタパタパタと風が吹くので紙くずのようになった
顔を右に左に振り続けた。
汚れた地面に耳をつけてごらん。
深遠な音が響いてくるから。
真っ暗な宇宙を旅しているような。
田舎の鉄路に菜の花が咲いていていた。彼女たちといっしょに旅しているのだ。

死んだ貝類の匂う海浜地方を行く。

そこで出会うものをすべて心に留めなければならない。

それらはみなかつて知っていたものばかりなのだから。

まばらな植物のあいだから滑り出る蛇の黄金の瞳ともま近く見つめあっていた時があるのだ。

白い砂のふくらみは母の乳房ではないだろうか。

動かない太陽に次第に瞳孔を焼かれて潰えていくことの愉楽、けれどついに愉楽はない。蒼白い太陽は死王の精囊ではないだろうか。

幾多の夢が見たことのない生物として波に押し上げられてくる。


ぴらぴらと鬚をそよがせて不完全な生まれそこなったものたちを絡みつかせて。

半透明の昏い緑色の海の中深く永い旅をしてきたのだ。

おびただしく漂うものたちと交錯し、
おそらくはそこだけに意味を担って。

パタパタパタパタと風が吹き春の標識がはるか彼方を非常なスピードで通り過ぎていく。奇怪な形状をもつものたちが壜《びん》詰めされて見つめられている。ここからは真空の春だ。ざわざわと立ち上がっては行き場なく崩れていく永久運動――。鉄路は曲がって消えていっている。結局はまたそこに還っていく。なぜそこだったんだろう。最も弱々しい精子が零《こぼ》れて落ちたのは。

(『花と死王』二〇〇八年思潮社刊)

未刊詩篇

春の気流

風の通り道
幼いヒマラヤ杉が並んで揺れている
精霊の透明なくちびるが開いて
風がふれて行く

水浸しの地面に花びらが散り敷いて
冷たいサクラの匂いがたちこめる

春の胸の中に閉じ込められたおもかげ
あなたのためひよどりたちが
命をこめて鳴く

(「文藝春秋」二〇〇三年四月号)

こおろぎ

　捨て去られたような部屋の隅、やや暗くなっている場所に花が飾られている。花は身じろぎもしないが、死んでいるのではない。花は生きている。

　けれどそれは、一種言い難い生だ。ここは廃屋だろうか。黒ずんだ壁の染み、花の薄い影、窓の下で鳴き続けるこおろぎ。花はこんなところで何をしているのだろう。だが、わたしは思う。この花は非常に美しいと。死んだような場所に、見る人もなく置かれているから、いっそう美しいと。

　窓の外は秋。わたしは記憶を呼び集めてどこまでも愛するだろう。こおろぎが、薄青い空に向かって一心に鳴いている。戦争が、また始まろうとしている。


（「馬車」三十号、二〇〇四年四月）

散文

詩の血

詩の一撃は、稲妻の一閃だと思ってきた。読み始め、読み進み、読み終わる、という時間的な経過の後でやっと了解されるものではないのではないか。稲妻に打たれる瞬間のためには読まなければならないとしても。

か弱くはかない存在であるにもかかわらず何千年も連綿と生き続けている詩というものを思うと、人の血の中を流れている何かだと思わずにはいられない。それは人にとって好ましいもの、人の愛する何かなのだ。そしてそれは詩人の血の中だけに流れているものではなく、すべて人であるものの血の中を流れている。人とは、詩の血を持つ種である、と言うこともできるのではないだろうか。

詩を書こうとするとき、すでに見えているものについては書かない。書き終えたとき初めて見えるようになるものを書く。それは一つの光景だが、この世界の光景そのものではない。この世界の下にある光景とも上にある光景とも言えるが、この世界と二重になっているような世界の光景なのだ。あるいは、現実が放つ光が「私」というレンズを通して結ぶ光景と言うこともできる。「私」というレンズは単純なものではない。生まれ落ちた環境の内にすでに、父祖の体験や感情や行為の堆積を含み、「私」固有の体験や感情や行為が変容させていく。故に、レンズは空間的にも時間的にも、いまここに一つしか在り得ぬものであり、現実の光が通過することもその都度一度きりのことなのだ。

詩にいざなわれるとき、意識や知覚の辺縁からのかすかな音楽を聞くようだ。忘却と無意識の淵でたゆたっている音楽が、訴えかけてくる。そこに忘れ去ったすべてのことがあるはずだと思い、覚束なく辿ろうとするのだが、捉えきれずに消えていく。それは、その場所から「私」が失われることだ。忘れ去ったすべてのこととは、「私」が忘れた、ということだけではない。人が忘れた、ということでなければ、あの苦しさと吸引はないことだろう。今は無人の故郷をめざす不可能な道が、名もない旅人を引き寄せ続ける。

一日の内にも光はうつろい、一年の内にも光はうつろっていく。そして、今あるすべてのものは失われていく。一方で、あらゆるものが生まれ出ているとしても、それらも一つ残らずうつろっていく。詩はそのことと表裏一体としてある。愛であれ憎しみであれ、喜びであれ怒りであれ恐れであれ、消えゆくままにさせられない。とどめたい、伝えたい、あらわにしたいと思う。そして、それが何にもならないのではないかと絶えずいぶかっている。

ものごころつくかつかないかのころに覚える童謡の中にさえ、日々の喜び悲しみを越えた遠い呼び声があった。それは孤独と、「時」が過ぎゆくことを教えていた。孤独と過ぎゆく「時」に抗って、詩は生まれてくる。

（2012. 1. 7）

house

料理人が青空を握る。四本の指あとがついて、次第に鶏が血をながす。ここでも太陽はつぶれてゐる。
たづねてくる空の看守。日光が駆け出すのを見る。
たれも住んでいないからつぽの白い家。
人々の長い夢はこの家のまはりを幾重にもとりまいては花弁のやうに衰へてゐた。
死が徐ろに私の指にすがりつく。夜の殻を一枚づつとつてゐる。
この家は遠い世界の遠い思ひ出へと華麗な道が続いてゐる。

（左川ちか「幻の家」）

両親が死んで、二軒の空き家が残された。一軒は市街地の電車通りに面した二階だての商店、わたしはこの家で五歳から十八歳まで過ごした。もう一軒は海沿いの小さな古い町にある家。この家は祖父が建てたもので、両親は病気になって商売をやめ、晩年の二年間をこの家で過ごした。

わたしが生まれて五歳までを過ごしたのは、母の郷里の山村のはずれにある、農家の離れだったが、そこも今は住む人もいないはずだ。物置にでもなっているのかもしれない。

十八歳で郷里を出てからは下宿やアパートに住んできたので、家というより部屋という感覚で暮らしている。わたしにとって、「家」であった三軒の郷里の家は現在はどれも空き家のまま、多分いつか取り壊されることになるのだろう。

それらの家を思い出すときわたしの心を襲うのは、なつかしさではなく痛ましさに近い感情だ。一つの家族が起こり、縺れ合い、崩壊していった過程、それは惨劇などではなかったが、やはり惨劇だったのかもしれない。子供のときにはいつも惨劇を恐れていた。実際にはそんなものは起こらなかったけれど、いつ何が起こっても不思議ではない空気はあった。

『ブルー・ベルベット』や『ツイン・ピークス』を作った映画監督のデヴィッド・リンチの絵を見たことがあるが、陰鬱で暗くぼんやりとした家の絵が印象に残っている。家は外からの威圧や危険を閉め出した慰安の場所として作られるのだろうけれど、場合によっては内部の危険を外に対して遮断するものでもあり得る。家の外にいるのも中にいるのも同じ人間であり、外の悪や危険からは家に逃げ帰ることができても、家からもう逃げていく場所はない。デヴィッド・リンチの家の絵を見たとき、これはリンチの子供のときの家なのだと思った。「ママは狂気」か何か、そんな題がつけられていた絵もあったと思う。親の狂気を容れる器である家、そこから子供が逃げ出せないのは無力だからだけではない、それが世界そのものだからなのだ。

わたしが五歳から十八歳までを過ごした家、それは一階が店で二階が住居になっていたが、二階だけでは家族四人が暮らすのには狭く、設備もとりあえず人が生活できる最低のものしかなく、そこでの生活は次の安定した生活の踏み台に過ぎないいつもりだったのだろうと思う。いつも「仮住まい」の感覚があって落ち着かなかった。

実際には、わたしはそこで成長期のほとんどを過ごすことになったので、その家で過ごした時期はほかのどの時よりも長く感じられる。わたしの感覚では、中年に入った両親と思春期に入った兄、反抗期に入った私がそれぞれに争ってばかりいたような気がするのだが、思い出してみれば、冗談が冗談を呼んで笑いながら食卓を囲んでいたことも多いのだ。非常にまとめにくい一家でありながら、かろうじて、おそらく母の意志の力で、一つの家族に繋がれていたのだろう。その母も、ときにはその努力を放棄しそうになっていた。

　わたしは高校のころになると、そんな壊れかけた家はいっそ壊れてしまってもいいと思うようになっていたし、自分は家から出たいとばかり考えていた。二人の子供が家から出ていっても、結果的に両親はその家に住み続け、晩年になって二人相次いで病気になり、慌ただしくその家を閉めて静かな住宅地の家へと越して行った。取り壊しにするのだからといらないものはそのままにして出ていったので、カーテンに至るまで住んでいたときのままにぶら下がり、もう何年も放置されている。多分、家の中は売れ残りの商品や家財道具もガラクタになってほこりが積もっているのだろう。一度、シャッターの郵便受けの隙間から中をのぞき込んで見たが、真っ暗で、というより黒い色で視界を塗り潰されたようで、何も見えなかった。二階の窓ガラスは、昼は昼で、夜は夜で、空虚に白っぽくなったり黒くなったりして、太陽の光とネオンサインを代る代る映しているのだろう。先日、高校のころの友人から電話があり、まだその家がそのままあるのが電車の窓から見える、と言っていた。その前を通るときには、胸が痛くなる、と。

　わたしはその家のことを考えると、胸が痛いと同時に、何か怖ろしいような気がする。あの家族はいったいどこへ行ってしまったのだろう。バラバラになってしまいたい衝動をひとりひとりが抱えながら、やっと一つの家に繋ぎとめられていた家族は。あの家族は消えてしまったのに、家だけがまだそのままで残っている。それは眼には見えない、家族の幻が残っているような気がするのだ。それは家族が家族であろうとした意志、ひとりひとりが生きようとした意志だった。わたしたち家族が、手足のように心も入れず使ったり触れたりしていた様々のもの、それはもうもの自体ではあり得ず、わたしたちの生きる意志を映したまま、わたしたちの声さえそこにとり残されているような気がする。

人は家に様々の意図や意志や欲望をこめるのだろう。何よりも、生きることの不安定さを克服し、生きることを確かにする場所として。けれど、生きることの不安定さからはどうやっても逃れることはできず、確かなものは何もないとしたら、家は幻を容れる幻の器なのだった。

夢占いでは、夢に出てくる家は自分自身のことであるという。わたしもよく家の夢をみるが、実際に住んだことがあったり知っていたりする家であることはめったにない。たいていは、見知らぬ家でも当然のようにいろいろなことをしている。同じ家が再びあらわれてくることもない。そして、夢の中での家は家のごく一部であって、奥の方はどうなっているのか、また家の外との関係はどうなっているのか、地理的な位置はどこらあたりなのか、そのようなこともわからないまま平然としている。それは、わたしたちがなぜかわからないまま、どこかも本当にはわからないまま、生まれて当然のように生きている姿そのもののようにも思われるのだ。

（『空き家の夢』二〇〇四年ダニエル社刊）

八月

ウィリアム・フォークナーは『八月の光』という小説の題名について聞かれて、こう答えている。

ミシシピィ州の八月には、月の半ばごろ、とつぜん秋の前触れのような日がきます。暑さが落ちて、大気にみちる光は、今日の太陽からくるというよりも、古代ギリシャ、オリンパス山のあたりから差しこんでくるもののような感じになる。題の意味はそれだけのものです。この光は一、二日しかつづかぬが、私の土地では八月には必ずやってくるのであって、これが私には含みのある面白い題名と感じられたのです。なぜなら、これはキリスト教文明よりも古い時代の輝かしさを、私に思い出させるからです。

この「八月の光」はわたしたちの土地にも訪れる。わたしたちの土地は日本であるから、オリンパス山のあたりから差しこんでくる、とはあまり感じられないけれど、やはり八月の半ばごろ、突然に、光が変わってしまうときがある。日々の連続の中でそのときだけ異質な、あまりにも静謐であまりにも強烈な日、何をしていてもほかに何かやることがあるような、もっと本来的で重要なことがあるのにそれをよそにしているような、そんな気持ちで過ごす日——。

子供のころから、八月は特別な月だった。もっとも輝かしい月、その不吉なまでの輝き、ただならぬ静けさ、暑さの中で何もわからなくなってしまうような長い日々。わたしたちを縛っていたものが知らないあいだにほどけていき、なまの心が露呈しているのにほどけていることにも気がつかず、冷たい水のようなものばかりを追う快楽的な日々。けれど八月の特別さは輝きの奥に未知の国が、死の国が開かれることでもあるのだった。

子供のころは、休みをすべて、山村の祖母の家で過ごしていた。学期の終業式が終わると、トランクをかかえて飛び立つようにひとりでバスに乗り、着くとすぐに田舎の子供たちのところへ走っていって仲間に入ると、天国の日々が始まる。小さな幼児のような子から中学生くらいまで、男の子も女の子もいっしょになってのそこでの遊びは、何をしてもあまりに面白く、遊びは無際限にあるようで、時間がとても足りないのだった。

その村は浄土真宗の色が濃くて、祖母は朝晩の仏壇のお参りを欠かさず、どの家にも座敷の奥に仏壇があり、果物や菓子のお供えが載っていた。家のまわりには花畑があって、いつもそこから切ってきた花々が飾られていた。仏壇の中には何人かの写真が立てられていて、「これはだれ？　これはだれ？」と聞いては不思議な気持ちになるのだった。お菓子も乏しいような村だったので仏壇のお下がりのお菓子を楽しみにしていたけれど、それは砂糖の塊のような奇妙な噛み心地で、噛まないように口の中で溶かしていくとやっとおいしく思われるのだが、それはおいしいとか好きとか言うことはできないような、仏性を帯びた食べ物に思われた。簡素な農家の家の中でそこだけ豪奢に見えた、漆で塗られ、金箔を貼られ、様々な複雑な飾り物が下がり花々で彩られ蠟燭で照らされた空間は、それ自体は小さいけれども、荘厳で広大な世界への入り口に思われ、わたしたちが何をしていようとそれはいつもそこにあり、またどの家にもあるのだった。

八月にはお盆がある。仏壇がきれいに飾られ、一日じゅう扉が開かれている日。ご馳走があり、親戚の人たちが集まってくる日。墓所は家ごとにまとまって山すそのあちこちに点在しており、そこに灯籠がともる。あの地方の灯籠は六角錘を逆にした形でそこに長い竹の棒を立てて地面に突き刺す。赤や紫や緑の色紙を貼り、それぞれの角に色紙の房を垂らす。墓参りに行く人がそれぞれそんな灯籠を携えて行くので、墓所にはそんな灯籠がたくさん立って特別な日である空気が漂う。初盆の墓にはまっ白な灯籠が立てられて、中でも特別な空気を漂わせていた。

祖母の家の仏壇の中には、丸顔の若い娘の写真もあった。その人は母のすぐ下の妹で、二十歳で原爆で死んだというので、その人の写真はいつでも特別の空気に包まれていた。祖母は原爆の落ちた日の翌日、その人を探しに爆心地に入ったが見つけることができなかったという。

わたしは原爆の話を聞きたいと思ったが、わたしのまわりで話されることはとりとめがなく、山にいたら風圧を受けて倒れたとか、きのこ雲を見て広島市の方角がわかったとか、そんな断片ばかりで要領を得ないのだった。

八月は原爆が落ちた日があり、敗戦を迎えた日があり、同じ日がお盆にあたる、ということはすべて関連しあって八月を作っていた。八月は光の鋭い刃でこの世界を切り裂き、その裂け目から向こうの世界が、人間には耐えることのできない不吉で巨大で強烈なものが、突如姿をあらわすかのようだった。

死んだ人が草葉の陰から見ている、というような言い方を聞くと、草むらがゆれることとさえ言葉を失わせるような感じにさせた。そして、そこらじゅうが草むらなのだった。

八月は湿気が抜け、空は青さを増す。子供たちは毎日、昼食をすませると川へ泳ぎに行く。川に近づくにつれて水の轟きが大きくなり、毎日のことなのに胸がドキドキして足が速くなる。水が冷たいためにすぐに唇が紫色になってからだはガタガタ震え始めるが、わたしたちのからだよりも大きな、熱く焼けた岩にからだを押し当てて暖まることができる。そうやってからだを押し当てていると、熱は岩の中に無限にあるように思えた。

わたしたちはよく、淵の中に陶器のかけらを投げこんで潜って奪い合う、という遊びをした。水の中で陶片はほの白い光を放ちながらゆらめいて落ちていき、子供たちの小さな手がそれを求めて水中でゆれる。それは息のできない世界に入ってもがきながらゆれる、子供たちのまだでき上がっていないからだの先にあるものだった。それらの未完成なからだは水の中で蒼白く発光するかのようであり、見慣れた友達の顔も奇妙に膨らんだ形になって、わたしたちが生きられる世界から出てしまっていることを告げる。そのとき、ありふれた陶片は水底の神秘な砂の上で、この世にはあり得ぬものへと変わっていたのだ。

（『空き家の夢』二〇〇四年ダニエル社刊）

『大菩薩峠』考

『大菩薩峠』は一九一三年（大正二年）、中里介山二十八歳のときに「都新聞」に連載が開始された。その後、掲載紙の変更や休筆などを経ながら、一九四一年（昭和十六年）、介山五十六歳まで書き継がれ、一九四四年の介山の死によって、完結を見ないまま終わっている。

　この、ひとりの人間のほぼ生涯にわたって書き続けられ、四十一巻を費やしてなお未完の物語を思うと、わたしの眼の前に、日本列島の中を連なる山また山が見えてくる。その山また山の連なりはきりもなく、分け入っても分け入っても奥へと続き、いつか現実の地理上の次元を越えてこの世ならぬ世界へと繋がっていくような――。あの世といい、彼岸といい、この世ならぬ世界と言ってもそこはわたしたちの想像の及ばないところなのだから、この物語の未完性はたんに作者の死によるものではなく、物語そのものの中に孕まれた必然なのだと言えるだろう。

　人は、山の果てをどのように定義するだろうか。麓があり、上りの道があり、頂きがあり、下りの道があり、谷があり、また上りになり、頂きになり、下りになり、と続いていくとして、水平的な見方をすれば最後に降りきったところだろうか。また、垂直的な見方をすれば、それぞれの頂きはもうそれより上は何もないところなのだから、それぞれに果てであるとも言えるだろう。また巨視的に見ればこの地上は球体の表面上にあるのだから、どの地点も、それより上は何もない、果ての地であるとも言える。

「峠」とは、上昇の終わりであり下降の始めであり、つまり上昇と下降の両方に属しながらその連続性の切れるところ、天空の触れる地点であり、地上と天空の両方に属する場所でもある。中里介山はそれをこのように言う。

　ここは菩薩が遊化《ゆうげ》に来る処であって、外道が迷宮を作るの処でもある。

菩薩にせよ外道にせよ、「峠」とは人ならぬものの場所であると言うのである。この小説で言う「峠」とは現実の場所としては大菩薩峠であるが、「人ならぬものの場所」としての「峠」は、人の世のいたるところにある。さらに言えば、「峠」は死すべき運命にある人間の存在そのもののありようでもあろう。わたしたちは死によって「人ならぬもの」へと変貌するのだが、そのことはすでに人であることの中に胚胎されているのだから。

そして、孤独もまた、人を「人ならぬもの」にする。人はひとりでは、人間であることができない。ひとりでさまようとき、人は宮澤賢治のように自分を修羅であると感じるかもしれないし、外道とも、悪魔とも感じるかもしれない。『大菩薩峠』「無明の巻」中にこのような文章がある。

> ところで、悪魔は大抵はひとり歩きするものである。ひとり歩きするものの全部が悪魔ではないが――天才と悪魔とは往々ひとり歩きを好む。
>
> 孤独は人を偉人にするか、或は悪魔にすることがある。
>
> 故に人は夜を怖るるとともに、独りを怖れなければならぬ。

ここで悪魔と言われているのは、机龍之助という名の武士である。小説は、机龍之助が大菩薩峠の上に忽然とあらわれるところから始まる。『大菩薩峠』と名づけられていても、作中、大菩薩峠が登場する箇所はわずかしかないのだが、中でも、この冒頭の部分は鮮烈で、物語全体の象徴となるような箇所である。

> 大菩薩峠は江戸を西に距《さ》る三十里、甲州裏街道が甲斐の国東山梨郡萩原村に入って、その最も高く最も険しきところ、上下八里にまたがる難所がそれです。
>
> 標高六千四百尺、昔、貴き聖《ひじり》が、この嶺《みね》の頂きに立って、東に落つる水も清かれ、西に落つる水も清かれと祈って、菩薩の像を埋めておいた、それから東に落つる水は多摩川となり、西に流るるは笛吹川となり、いずれも流れの末永く人を湿おし田を実らすと申し伝えられてあります。

この滑り出しの部分の文体の品格、簡潔でありながら豊かな調べに、この小説の巨きさと自在さの片鱗をすでに見てとることができる。「甲斐と武蔵の事実上の国境」であるこの頂きに、今、「この険しい道を、素足に下駄ばきでサッサッと登りつめて」ひとりの武士があらわれる。

歳は三十の前後、細面で色は白く、身は痩せているが骨格は冴えています。この若い武士が峠の上に立つと、ゴーッと、青嵐が崩れる。谷から峰へ吹き上げるうら葉が、海の浪がしらを見るようにさわ立つ。

この若い武士、机龍之助はこのあと、孫娘を連れて登ってきた巡礼の老人を抜き打ちに斬ってしまう。


「老爺《おやじ》」

それは最前の武士でありました。

「はい」

老爺は、あわただしく居ずまいを直して挨拶をしようとするときかの武士は前後を見廻して、

「ここへ出ろ」

編笠も取らず、用事をも言わず、小手招きするので、巡礼の老爺は怖る怖る、

「はい、何ぞ御用でござりまするか」

小腰をかがめて進みよると
「彼方《あっち》へ向け」

この声もろともに、パッと血煙が立つと見れば、何という無惨なことでしょう、あっという間もなく、胴体全く二つになって青草の上にのめってしまいました。


机龍之助はこのとき、峠の上に出現した「人ならぬもの」、魔である。青嵐崩れる大菩薩峠の頂上で、何の原因も理由もなく起こるこの罪なき老人の殺害は、物語の発端として、大菩薩峠という嶺そのもののように、物語全体の上に宙吊りになったまま置かれる。それは物語全体の一つの謎であり、命題であるかのように。

だが、この時点では龍之助の魔はまだ隠されたもの、

密かな影のようなものであって、彼は世にある人として は武州沢井の、沢井道場の若先生である。のちに人が、「剣術より外には振り向いて見るものもなかったのに」とうわさしたように、剣の道ひとすじに生きており、「音無しの構え」と呼ばれる剣法をあみ出した、天才でもある。

沢井道場音無しの勝負というのは、ここの若先生すなわち机龍之助が一流の剣術ぶりをその頃剣客仲間の呼びならわしで、竹刀《しない》にあれ木剣にあれ、一足一刀の青眼に構えたまま、我が刀に相手の刀をちっとも触らせず、二寸三寸と離れて、敵の出る頭《かしら》、出る頭を或は打ち或は突く、自流他流と、敵の強弱にかかわらず、机龍之助が相手に向う筆法は、いつもこれで、一試合のうち一度も竹刀の音を立てさせないで終ることもあります。机龍之助の音無しの太刀先に向っては、いずれの剣客も手古摺《てこず》らぬはない、龍之助はこれによって負けたことは一度もないのであります。

この剣法は龍之助の父、弾正からは悪剣として認められず、龍之助が修行をした道場からも破門同様の扱いを受けているらしい。刀と刀を打ち合わせずして相手を倒す剣は、いかに強くとも、正しい剣の道とは認められないということなのだろうか。沢井の名家の一人息子として陽のあたる場所で生きていたときでさえ、彼にはこの魔剣があり、隠された殺人があった。

中里介山はこの小説の前書きで、この小説の主意とするところは「人間界の諸相を曲尽《きょくじん》して、大乗《だいじょう》遊戯《ゆうげ》の境に参入するカルマ曼陀羅《まんだら》の面影を大凡下《だいぼんげ》の筆に」うつし見ようとするにある、と述べている。龍之助の音無しの剣は彼がもって生まれた才であり、業（カルマ）でもあるものだろうか。人の行為が結果を招き、それがまた原因となって新たな結果を生む、という必然の巡りがカルマというものなら、家にも才にも恵まれていながら、龍之助に陽のあたる生涯を歩むことを許さず、無明へ、漂泊へと押し出したものが彼のカルマであり、またカルマこそが物語を作り、動かしていくものでもあるのだろう。

時代は幕末、長く続いた徳川の政権がようやく崩壊しようとするころ、日本列島の上は人も社会もさかんに動き始めていた。旧い権力が地に墜ちようとしているが、新しい支配体制はまだあらわれていない、こういう特殊な短い時代の上にこの物語は築かれている。日本列島の上を東奔西走する勤皇や佐幕の武士たちの流れに乗るように、また逆らうように、おびただしい登場人物たちがそれぞれの偶然と必然に動かされて漂泊していく。

何人かの人が指摘しているが、わたしもこの物語を、何よりも、流離する貴種たちの物語だと思う。彼らは必ずしも、現実的な意味で身分が高いわけではない。最も身分が高い者で旗本である駒井能登守くらいであるし、間《あい》の山のお君や宇治山田の米友といった人々は「人交わりのならぬ」賤民の身分であると言う。が、彼らはみな何らかの意味で人間離れした能力を持っており、聖痕とも言うべき体のしるしを身に帯びている。机龍之助はやがて盲目になるのだが、盲目になってからさらに、剣の腕は冴えわたるようになる。甲州の馬大尽の娘お銀は、焼け爛れた顔を頭巾で隠しているが、莫大な財力の持ち主である。宇治山田の米友は子供の背丈に老人の顔、という外貌であるが精悍無比な槍の達人、米友の幼なじみのお君は、人を死に誘い込むような「間の山節」という歌の歌い手であり、また稀な美貌の持ち主。沢井の水車番の与八は知恵足らずの力持ちの大男であるが、やがて聖人として人々に崇められていく。盲目の少年僧の清澄の弁信は、はるか離れた場所の音を聞きとり、人の心を見ることができる。動物と通じ合うことのできる清澄の茂太郎という美童は、歌舞音曲の天才であろう。

不具であること、異様な外見、人目に立たずにはいないほど美しいか醜いということ、また異常なほどの能力、などが彼らに与えられたしるしであり、彼らはそのゆえに、望むと望まざるとにかかわらず一所にとどまることができず、漂泊していかざるをえない。彼らは日本列島の上に移動と交通の網をかけひろげるように、離合集散をくりかえしては新たな因果を形成していく。

彼らが流離する貴種であるということの根拠は、たんに異貌、異能の持ち主であるからというだけではなく、彼らのハンディある身体の漂泊を通して、次第に、ある絶対的とも見える価値、意味が根底から問いかけられることになるからである。

たとえば、龍之助の漂泊を通してあらわれていくものは何か。

前述したように、龍之助は沢井の道場の若先生であるが、ときどき山歩きと称していなくなることがあり、人には知られていないが辻斬りをしているらしい。大菩薩峠の上の殺人が初めてではないのである。大菩薩峠の上で老巡礼を斬ったあと、道場に帰ってきた龍之助を、若い美しい女の訪問客が待っている。女はお浜といって、龍之助と同門の宇津木文之丞という武士の妻となる予定の女であるが、妹と偽っており、来たる御岳山の奉納試合で文之丞の相手と決まった龍之助に、試合に手心を加えてくれるようにとたのみにきたものだ。龍之助は「剣を取って向うときは、親も子もなく、弟子も師匠もない」と突っぱねるのだが、お浜の涙をたたえた眼とぶつかったとき、「蒼白かった龍之助の顔にパッと一抹の血が通い」お浜を帰したあとで、どうしてもこの女をただ帰せない、という考えが起こり、水車番の与八に命じてお浜をさらわせ、犯してしまう。事情を察した文之丞は当の試合で殺気をもって龍之助に打ちかかり、龍之助はそれを受けて返した結果として、文之丞を殺してしまう。試合のあと、龍之助はお浜に取りすがられてともに姿を消し、江戸に隠れ住んで所帯をもち、一子をもうけるが、二人のあいだには諍いが絶えず、ついに龍之助はお浜をも殺して出奔することになる。

お浜は自分の夫となる文之丞が剣の腕で龍之助に劣ることが我慢がならず、美しく装って龍之助のもとに乗り込んでくる。自分の魅力で男が至上のものとしている剣術の勝負を曲げさせようとするのであるから、僭越で傲慢であり、そのことによって身を滅ぼすことになる。だが、剣術の至上ということはお浜には理解できないことであり、お浜にとっての至上のものは自分というものなのだと思えば（お浜はそれを夫のため、家のためと言うのだが）、お浜の罪は女一般にありふれたものであろう。のちに「悪女大姉」と戒名をつけられたお浜の悪を、龍之助は「男の魂を取って、それを自分のものにしようとした」ことだと言う。およそ、女が男を欲望することの核には、抜きがたいエゴイズムがあるだろう。だが、生命の流れはこのようなエゴイズムに支えられているはずであり、それを悪として斬り捨てるということの底には、エゴイズムを核とせざるを得ない生命そのものへの否認があるのかもしれない。龍之助が体現するのは、この深いニヒリズムではないのか。もちろん、生きていながら生命を否認するとはそれ自体矛盾であって、龍之助はその矛盾そのものを生きるように、女たちとかかわりながらも、彼女たちを殺し続けることになる。

出奔した龍之助は行きがかり上、新撰組や天誅組などとかかわりを持ちながら、京都から三輪へ、十津川へと流れてゆき、爆薬によって両眼を失明する。龍之助がいよいよ龍之助らしくなるのは失明してからであり、彼は信心によって眼を治すようにと助言する修験者に向かってこう答える。

「……拙者にはこうなるが天罰じゃ、当然の罰で眼が見えなくなったのじゃ、これはなまじい治さんがよかろうと思う」

「眼は心の窓じゃという、俺の面《かお》から窓をふさいで心を闇にする——いや最初から俺の心は闇であった」

最初から心が闇であるのなら、いっそ眼など見えないほうがよいというのだ。無明の心と身体を抱えた彼は、信じるものも希望もなく、人に助けられるままに漂泊しながら、ただ一つの「仕事」である人殺しを続ける。実際、盲目になってからの彼は、夜の闇の中をいっそう自在に動きまわれるようになり、彼が斬るというより人が彼の刃の下に吸い寄せられるかと見えるほど、剣の腕も凄みを増していく。また、眼が見えない彼には女の容貌は何の意味もないので、焼け爛れた顔を持つ甲州の馬大尽の娘お銀は、龍之助を火のように愛することになる。

お銀に殺人を気づかれ、「ああ、何という怖ろしいこと、人を殺したいが病とは」と驚愕されて、龍之助が答えるのは、

「病ではない、それが拙者の仕事じゃ、今までの仕事

もそれ、これからの仕事もそれ、人を斬ってみるより外におれの仕事はない、人を殺すより外に楽しみもない、生きがいもないのだ」

「わたしは何と言ってよいかわかりませぬ、貴方は人間ではありませぬ」

「もとより人間の心ではない、人間という奴がこうしてウヨウヨ生きてはいるけれど、何一つしでかす奴らではない」

「貴方はそれほど人間が憎いのですか」

「馬鹿なこと、憎いというのは、幾らか見処《みどころ》があるからじゃ、憎むにも足らぬ奴、何人斬ったからとて、殺したからとて、咎《とが》にも罪にもなる代物《しろもの》ではないのだ」

「本気でそういうことをおっしゃるのでございますか」

「勿論《もちろん》本気、世間には位を欲しがって生きている奴がある、金を貯《た》めたいから生きている奴がある、俺は人が斬りたいから生きているのだ」

そして、離れるか、さもなくば黙って見ていてくれという龍之助に、お銀は「黙って見てはいられません、わたしも貴方と一緒に生きている間は貴方のような悪人にならなければ、生きてはおられませぬ」と答える。初めはこのように驚愕したお銀も、やがて「あの人は平気で人を殺すから、それでわたしはあの人が好きです」と言うようになる。お銀ばかりではない。龍之助は盲目である上に血を吐いたりすることもある病人なので、さまざまな人の世話になるのだが、彼らはみな龍之助を奇妙に大切にする。龍之助が「人殺し」であることに気づいたあとでも、彼を見捨てることはない。

たとえば、間の山の娘芸人、お君（芸名はお玉）が初めて龍之助に会ったときの様子はこうだ。

……こう火影から覗いてみると、どうも何となくこの世の人ではないような気がします。蠟のように冷たく光る白い面の色、水色がかった紋のない着流し、胡座《あぐら》を組んで、一方を向いたまま、身動きさえしないでいると、その人の身体のどこからか腥《なまぐ》さい風が吹き出して水のように流れる。そうすると、お玉はゾッと水を

かけられたようになって、ああこの人には生霊《いきりょう》か死《し》霊《りょう》がついている、怖い人、いやな人、呪わしい人、その思いが一時にこみ上げて

……今の先、薄情呼ばわりをして怖い人、いやな人、呪わしい人と一図にムカムカとしてきたその人の影に、可憐《いじ》らしいものが見え出してくるのでありました。それは、物をくれるから好い人に見え、くれないからどうというような心ではなく、心底のどこかに人の情の温か味というものがこの冷たい人の血肉の間にも潜んでいて、それが一本の箸を伝うて流れるそのしおらしさがお玉の胸を突いて、何ということなしにお玉はしゃくりあげるほどに動かされてしまったのでありました。

実際、龍之助にはお浜など彼が殺した人間の亡霊がつきまとっており、また宇津木文之丞の弟兵馬が仇討ちのためにどこまでも追ってくるので、お君の見た通り龍之助には生霊も死霊もついている。そして彼自身が生きているとも死んでいるともつかない、幽鬼のようなものになっているのだ。

彼は、面倒を見てくれる米友に向かって、このように言う。

「済まない、友造どん、お前には何とも済まないことだが、筋が立つの立たぬのと、いうたちの仕事ではないので、拙者というものは、もう疾《と》うの昔に死んでいるのだ、今、こうやっている拙者は、ぬけ殻だ、幽霊だ、影法師だ、幽霊の食物は、世間並みのものではいけない、人間の生命を食わなけりゃあ生きていけないのだ、だから、無闇に人が斬ってみたい、人を殺してみたいのだ、そうして、人の魂が苦しがって抜け出すのを見るとそれで、ホッと生き返った心持ちになる……

物語が進むにつれて、彼は物語の底に、裏にと沈んでいき、読者にさえも彼は果たして生きているのかどうかわからなくなる。ピグミーという非現実の生きものやお

浜などの幽霊たちも堂々と登場するこの物語だが、龍之助の存在も独特の境界性を深めつつ、他の人間に死を与えるものとして動いていく。彼がさすらう無明の闇のなかに、生死の混じり合う「峠」の姿が影のようにそびえている。

龍之助の存在を通して問われているのは、罪とは何か、ということではないか。龍之助のまわりの人々は彼が殺人者であることを知れば怖れもするが、奇妙な敬意のごときものをもって対応することをやめることはない。またわたしたち読者をこの長大な物語の中に引き込む力も、彼から起こり、伝わってくることは否定できない（介山は龍之助が主人公であると見なされることを嫌ったと言うが）。人の中にある、悪意というようなものからは外れた危険なもの、陽の目を見ることがなく、対象化されることのないもの、それゆえに、是非や善悪の理性の侵入を受けることのないもの、そのようなものを人は龍之助の中に見ているのではないか。龍之助の罪ということについて、このように述べている箇所がある。

それは仮に罪といってみるまでのことで、龍之助自身にあっては、世のいわゆる罪ということが、多くは冷笑の種に過ぎないことです。彼は自分の生涯を恵まれたる生涯だとは思っていないが、また決して罪悪の生涯だとは信じていないのです。彼自身においては、自分が生きるように生きているのみで、未だ曾《かつ》て企《たく》んで人を陥れようとしたことがない。わが生きる前途にふさがるものは容赦なく、これを犠牲にしてきたつもりだが、わが存在を衒《てら》うために一筋でも、他を犯したことはないつもりである。夜な夜な出でて人を斬ったことですらが、彼は渇して水を求むるのと同じことで、自己の生存上のやむにやまれぬ衝動に動かされたのだという、盲目的の信念に生きているのであった。

安岡章太郎に、『果てもない道中記』という『大菩薩峠』を読み解く著作があるが、その中で堀田善衞の論が引かれていて、この箇所について堀田善衞は、「無気味なまでに」消極的な龍之助の姿勢は、介山に言わせれば「自分が生きるように生きている」、つまり「自由に生きている」ということであろうと言っているという。龍之助の「盲目的信念」なるものは、介山としては本当は「自由の信念」と書きたかったところではないか、と。そして安岡氏は、「自由」というものが、まことに厄介千万な、不気味なものにも思われてくる、とも述べている。

人の中の、対象化されることのない危険なものはこういう自由と結びついているとしたら、確かに「自由」とは手に負えない不気味なものであるかもしれず、人の世の最も深みにあるのはこういうものであるのかもしれない。「企んで人を陥れ」ることや「我が存在を衒う為に他を犯す」ような悪意は倫理や道徳で対処できても、このような「自由」はあまりに直接的で、理性の侵入する隙がないのではないか。

龍之助の存在がこの物語で占める役割は、「呪」的なものだ。龍之助の音無しの構えは人の世に対してひたと構えられた「呪」の剣であり、無明の場所、光のない場所から音もなく閃いてくる。

光がない、つまりものごとが判別できない場所、原初的なカオスから送られてくるような「呪」である。それは日本列島の上に生きる民衆の心性の中にある「呪」的要素であり、被支配と不自由へと向けられた意識下の呪いではないだろうか。

介山は、自伝的エッセイの中でこう書いている。

明治時代の社会現象の一つとも見るべき、中農没落して一家が都会に流亡するの悲劇も、わが家ほど深刻に見せられたものはあるまい。

世間にも子供らにも同情されることなく、惨憺たる生涯を終わってしまった。思えば、わが父ほど不幸な人は、世に二人とあるまいと思われる。（「哀々父母」）

「世に二人とない」不幸な父を見捨てるようにして、若き介山に一家の責任がのしかかってきて、苦闘を強いた。介山は若き日の思想的彷徨の中で、幸徳秋水らの「平民新聞」の寄稿者であった時期があった。明治四十三年、介山二十五歳のときに大逆事件が起こる。介山はすでに平民社からは離れていて難を逃れるのだが、明治政府の思想的弾圧の重苦しさは、等しくのしかかっていたであろう。同じ年に、世間からも家族からも見放されていたような父もなくなった。『大菩薩峠』はその三年後に、「都新聞」に連載が開始されている。

明治維新は支配体制の大きな変換だったが、支配される側の民衆の解放を目的とするものではなかった。封建的身分制度の桎梏はある程度はずされたとはいえ、中央集権化と軍国主義化によって、民衆の苦しみは増した面もあるのではないか。それはやがて、民衆を未曾有の悲劇へと導いていく。松本健一はその著『中里介山』のなかで、この明治末期の青年の心理状況を、「テロルにでも走らなければどう打破しようもないという時代閉塞の思いを抱いていたのは、ひとり中里介山だけではなかった」と書いている。

この物語が幕末を舞台として書かれたことには、大きな時代の変動期に寄せて、現にあらわれてしまっている国家体制へのひそかな否認の感情が込められているのではないか。この物語は作者によって終わりを記されることはなかったが、幕末はどこまでも幕末のまま、明治維新を来たらせることはできず、どこかへ、永遠の未完了へと宙吊りになって行くのではないだろうかとわたしは夢想する。実際、登場人物のうちの二人、お銀と駒井能登守はそれぞれ、別々に独立国家を作ろうとする。お銀は莫大な財力によって肝吹山中に肝吹王国を、駒井能登守は西洋の科学知識を身につけて船を造り、太平洋に乗り出していく。お銀の肝吹王国はじきに挫折し、駒井能登守の無人島での建国は先行きがわからないまま終わっているが、初めからいくつもの問題を孕んでいるようである。介山自身、生地羽村に自給自足の「植民地」、西隣村塾を作った人であった。

龍之助には国家の理想などというものはない。国家だけではない。自分の命でさえもあるのかないのかわからないのであるから、政治も宗教も思想も芸術もあったものではない。彼にあるのはただ剣ばかりであり、生かすか殺すか、つまり生と死だけだと言っていい。彼は理想の王国作りについてのお銀との問答のなかで、

……生《う》めよ殖《ふ》やせよだなんて言っているが、ろくでも

ない奴を生んで殖やしたこの世の態《ざま》はどうだ、理想の世の中だの、楽土なんていうものは、人間のたくらみで出来るものじゃない、人間という奴は生むよりも絶やしたほうがいいのだ。

とお銀が言うところの「絶滅の哲学」を述べる。この「絶滅の哲学」がファシズム的なものとは違うのは、彼には与するものが何もないからで、どんな理由でも絶滅させるものとさせないものを分ける根拠はない。むしろ、お銀の国家の理想のほうに、ファシズムの萌芽はあると言えるだろう。さらに、

……要するに人間という奴は、自分たちの、無用にして愚劣なる生活を貪《むさぼ》りたいために、土地を濫費し、草木を消耗してゆくだけのことしか出来ないのだ、結局は天然を破壊し、人情を亡《ほろ》ぼすだけのことなのだ、開墾事業だなんぞと言えば、聞こえはいいようだが、人間どもの得手勝手の名代《なだい》で、天然のほうから言えば破壊に過ぎない、人間どものする仕事、タカが知れているといえばそれまでだが、余り増長すると、天然もだまってはいない、……今にきっと人間が絶滅させられる時が来る。

無明の闇のなかを行く龍之助の剣は、人間の精神の純潔な一点を示すように思われる。氷のような、と形容される彼の気配とともに、その精神の氷点は人間性のすべてを相対化し、無化する。宗教も思想も道徳も、人間が良く生きていくためだけのもの、人間同士だけの妥協の産物ではないかというような。人間が、多く、頼りにしたり欲望したりするさまざまな価値、意味を、その精神の氷点は一挙にさましていく。背後には、卑小なものにだまされてはならない、という介山の眼差しが、日常的なレベルから根源的なレベルまで、人間の社会を見据えようとする意志によって貫かれているのではないか。

龍之助がこの物語の主人公というわけではないことは、介山自身が表明していたことのようであるが、彼を主人公だと思う人も多いだろう。わたしもそう思って読んだ

が、龍之助以外に重要な人物が多彩に登場し、それぞれがそれぞれの意味を担って漂泊してとどまることがないのは確かだ。人々はカルマに突き動かされるように移動していく。移動こそが新しい意味を生み出すように。本当の主人公は、この移動そのものの変幻と生成の様態なのかもしれない。あるいは、そのような移動がくり拡げられている、日本列島という場所そのものなのかもしれない。土地と、国とは同じものではない。また、人は、すなわち国民なのではない。日本列島の上に日本という国がある、ということの捻れた不安定な構造、その捻れの中に、実に多くの問題が孕まれていることに思いが及ぶのだ。

（『空き家の夢』二〇〇四年ダニエル社刊）

作品論・詩人論

言葉のない世界

藤原 定

　中本道代さんの作品はどの作品をとって見ても詩であり、まぎれもなく相当高度の詩である。むだや無理がなく、平板でなく、はったりもない。緻密で緊張度が高い。自然に惹き入れる力をもっている。というようなことはこの詩集をさっと眼をとおしただけで誰でもが言うことだろう。それにはまちがいないが、それではその魅力はどこから生じてきたのか。それに答えることはところが、案外むずかしい。ということに、このあとがきを書く今になって迂闊にも気がついたのである。彼女の詩が好きだから引受けたというのは単純すぎたのだ。ざまあみろ、そこで苦しんでみろ、ちっとはおまえのためにもなるだろう、とどこかで言っていて、ごもっともと言うほかない。

　これは困った苦しみであるが、しかし書く前からわかりきった文章を書くのとちがって、ほんの少しだがここ

ろよい苦しみでもある。ということにも気がついたら、彼女が詩作するのにも、いくらかこれに似た事情があるのではないかと思われてきた。牽強附会ともいえまい。彼女は感じたままそのままうったえ、抒情しているのではない。どこにもひと言もさびしいとも悲しいとも辛いとも言っていない。だが読み進み読みおわってみると、そのことがずいぶん奥深く表現されているのだという重さを感じないわけにゆかないので、こんどはこちらが彼女に代って歎じなければならない破目におちいったような感じに擒われるのだ。そして巻末の「季節の刃」になってくるとそのことはいっそう明らかになって、

（略）

遠くをバスが走っていく
運転手が帽子で顔をかくし
乗客は窓にひたいをおしつけて陰気に走るバスだ
うもれている刃のきれはしのようなもので
空間はきずだらけだ

激しい表現であるが、そんな筈はないと不思議議にも誰も言うことができず、心のどこかでふと思いあたり、こちらの方がためいきを吐くことになる。そうしたすぐれた比喩、また思いがけない感覚というものは、しかし彼女といえども先ほど言った苦心なしには表わすことはできなかっただろう、と私は臆測する。払いのけ払いのけした言葉がどれだけあったたか、常套とのたたかいなしには詩は生きられない。無数の、無名の人間が計り知れない時間をかけ、無意識につくりあげてきた常套と習慣に、ただひとりの力でもって挑戦しようなどとは絶望にひとしい。だが詩人はその絶望的な営みを敢てつづけなければならないのだ。いや、詩人ばかりでなく、人間の生活そのものがそうなのだ。日々、われわれが敗れつづけている、その見えない敵の恐ろしさを彼女も書いている、

習慣はますます正確になる

（「夏まで」）

習慣は人を死にひっぱる

（「習慣が人を」）

だからこの詩集中には素材は自然主義的な作品や、またシュールレアリスムがかった「四月」、「春」などの佳作や、デルボーふうのモダニズムがかった「春の空き家」などがあるにしても、それは彼女がそれらの詩法を必ずしも信奉したからではなくて、習慣への抵抗がそうさせ、それめいた作品を書かせたにすぎないのではないだろうか。

換言すると、彼女は自然の四季の変化や人間の微妙なニュアンスを感じとるが、その直接的、平行的な再現ではなく、それらをいったん解体し、言葉のない物たちに化してしまわずにはおかない。一種無気味なアノニムの世界であるが、言葉なき世界に至ってこそ、まさに詩人が発言するのだ。その発言の苦しい、だが充実しきった姿勢を、私はその作品によって垣間見るように感じる。そしてこれは彼女の処女詩集であるが、そんな至難な道を歩みつづけようとするこの人に心からの拍手をおくりたい。

（『春の空き家』解説一九八二年詩学社刊）

暗さのつかまえ方

北村太郎

中本道代さんの詩に次のような一節があります。

木立ちの奥の食堂では
娘たちがアイスクリームを食べている
広いガラス戸の外から
小さな子供らがそれを見ている
（中略）
金持ちのためのゴルフ場は金網で仕切られ
芝生は高いところまで全く輝き
少数の人影が動いている

二十二行の作品から一部を引用したのですが、タイトルは「古代人の白骨について」というのです。この詩の最後は、公園の管理人がゴミを埋める穴を掘っているうちに何かにぶつかり、「それを何という名で呼ぼうとも／すでに手の施しようもなく長く／死んでいる」というふうに結ばれています。〈それ〉が「古代人の白骨」のようでもありますが、なぜこんなタイトルが付けられたのか、よく分かりません。それは措くとして、ぼくが七行を引用したのは、この部分、中本さんにしてはずいぶん明るく、目立つように思ったからです。明るいといっても、なにか無機質な輝きですが。

このような部分を含む詩は、「Ⅱ 黄道を」にも数篇ありますけれど、それらを除けば中本さんの詩は暗いのばかりです。ぼくは、その暗さのつかまえ方が、中本さんはじつに独得で、すごいと思うのです。だいたい詩人という〈ことばの職人〉は、どんなものからも世界の中心を一撃で掠めとろうとするものです。ところで、世界の中心なんて、そもそもそんなに明るい実質で構成されてはいないのがふつうですから、優秀な詩人はいつだって暗さをすくいとる作業を忍耐づよくつづけるしかありません。ユーモアや軽みで色づけしたところで、闇の影はいつも原稿用紙に垂れてきているのです。われながらいくぶん視野の狭い、シラけた詩観と思いますが、何十年もこれがいちばん現実的な詩人の目というものと信じてきたからには、もう直しようもないわけです。けっきょく、ぼくにしてみれば、他人の詩を読んで、暗さのつかまえ方にまず目がいってしまうことになるのですが、そんな視線で中本さんの作品をつぎつぎに読んでいくと、素敵だな、この暗さのつまみ方、すごいな、この暗さとの対抗の仕方、なぞと何度も感嘆してしまうのです。

草もはえそめる
幽霊の婚礼のようなサクラの花

ひらくとき
花は痛いだろうか
(中略)
日々
よぶんな食をとる
(「アルミニウム製」)

サクラをこのように詩に登場させた詩人は珍しいのではないでしょうか。そして終わりの二行で暗さを定着させる手ぎわの見事なこと！ また「紐」では、長い行列の人を、長いざらざらした紐、にしてしまい、彼らを屋上から見ている少女・少年を、真っ青な空をバックにしたカラスにしてしまうのですが、たった十五行のこの作品には、生の恐怖がほどよいスタイルで凝縮されていて、暗さといったってこんなに魅惑の輝きがあるんだよ、ということを教えてくれます。

そうかと思うと、巻頭の「祝祭」のような詩もあります。第一連は虫たちの誕生と生殖で、おめでたい気分にさせられる四行。第二連にくると脱皮の青虫が書かれます。

黄色い小さな蛇のうわさ
茗荷の繁みの青くさい匂い

は青虫のいとなみを際立たせるおもしろい二行ですけれど、最終連に至ると、不意に次のように書き投げられて詩は終わってしまうのです。

生まれてしまったものがみな
しかたなく　また
暴力的に
群れをなして育っているのだ

中本道代さんの詩には、いくつか種類の異なる夢魔が、あれこれと千変万化、衣装を変えて姿を現わしてくるようですが、「祝祭」にみられる「群れをなして育って」くる物象のイメージもそのひとつです。「繁りすぎる」も同じ系列の作品でしょう。生殖や繁殖や成育は〈祝祭〉なのでしょうが、〈呪祭〉が底に感じられるのも事実で、ぼくなぞはこちらのほうを重視するのが詩人の目であるべきだと思います。そして、それこそ健康な見方と考えるものです。このたびの『四月の第一日曜日』をゆっくり拝見して、ぼくは中本道代さんがすばらしくすこやかな詩の林へ入って行きつつあるのを知り、たいそう嬉しくなりました。どうかいつまでも我慢づよく、林のうえの空や沼の底への散歩をおつづけなさいますように。

（『四月の第一日曜日』解説一九八六年思潮社刊）

アナーキーな「野生」が息づいている

吉田文憲

中本道代の五番目の詩集『黄道と蛹』に「花の婚礼」という詩がある。その中の、

靴は遠い町のショウウイン
ドウの中で眠る

という詩句を目にしたとき、私は、次の詩行にある「キノコ雲の幻」という詩句からの連想もあるかもしれないが、この一行の背後にかつて映像や写真で見たアウシュビッツ強制収容所に送られた人たちの遺品の数々、あるいはその靴を想像した。想像したというよりも、そういう映像が勝手に脳裏に閃いて仕方がなかったのだ。本文庫所収の「house」というエッセイを読むと、中本道代の五歳から十八歳まで過ごした家は一階が店で二階が住居になっていたとあるから――中本氏の生い立ちについて

は、彼女が広島出身であるということ位しか私は知らないが――いまは空き家になっているという彼女の家は靴屋さんだったのだろうか、とも思ってみる。靴屋である空き家のショウウインドウ越しに置かれたままの古びた靴。ここにはそんなイメージもあるのだろうか、と。

それにしても「house」というエッセイは中本道代の詩を理解するための最重要文献であろう。中本氏はここで「家」をhomeとは表現しないで、houseと表現している。homeだと家庭、あるいは家の中に住む家族の結びつきを語るニュアンスが強くなる。彼女は「空き家」についで書いているのだから、ここには構造物としての家という物質的なイメージがより強く動いているのだろう。「空き家」はだから、homeではありえない。だがここではそれ以上にhouseとhomeは概念としてことさらのように対立させられているように思える。かつて住んでいた家を思い出すとき心を襲うのは、なつかしさではなく痛ましさに近い感情だ、と中本氏は書いている。その家で「一つの家族が起こり、縺れ合い、崩壊していった過程、それは惨劇などではなかったが、やはり惨劇だったのかもしれない」、と。家は「慰安の場所」、つまりhomeではなくつねに「仮住まい」の感覚があった、とも。家族を容れる器としての家はだからここではhouseと呼ぶほかないのだろう。この「house」というエッセイに、私は強い衝撃と深い感銘を受けた。

子供にとって「家」は外の悪や危険から逃げ帰ることのできる場所であっても、家からはもう逃げて行くことができない。ときにそこは内部の危険を外に対して遮断するものでもありうる。そんなことを中本氏は書いている。多かれ少なかれどの「家」もそんな危険な劇を隠しもっていると思う一方(私にも身に覚えがあるということだが)、それでもここには中本氏の深く秘められたどんな想いが動いているのだろう、と思い、しばしばこのエッセイの前に立ち尽くした覚えがある。そしていまたとえばこの「house」を手掛かりにして先の「花の婚礼」という詩を読んでみた場合、ここからはなにがいえるだろう、なにが見えてくるだろうか。そのあたりのことをこの小論の導入部としてみたい。詩は、

蟹が泡を吹く
私たちは豹の踊りを踊る

と書き出される。

その一見上品なたたずまいにもかかわらず、中本氏の詩にはいつもアナーキーな「野生」が息づいている。原初の混沌と原初の闇の上に突然春の光が射し込むような奔騰するエネルギッシュな強い生命力がある。そういうならば、この詩に登場する「はだし」の「私たち」は汚れを知らぬ天上の、野生の子供たちであろうか。そこで「淫らな遊びを淫らと思わずにする」ような奔放な至福の子供の時間が、この詩人の詩には、いつも内生命の消えない炎のように、その存在を深い所で照らし出す命《エロス》の源泉のように脈打っている。「花の婚礼」とは善悪の彼岸にある自然との合一、淫らで熾烈な解放されたエロスの燃えあがり、天上の妖精的な軽やかさをいうのであろうか。「淫ら」は中本氏にとってはいつでもこの世の抑圧から解き放たれた輝やかしい最高の価値言語であろう。「淫ら」はエロスそのものの発現形態なのだから。

「花の婚礼」の前半に顕れた天上性。楽園性。そういういい方をしてみたい。エッセイ「八月」によれば、子供の頃は、休みをすべて山村の祖母の家で過ごした（それは広島市の郊外、街からかなり離れた山の方にあると聞いたことがある）というから、いくら遊んでも遊び足りないような、「家」や親の束縛もなく暗くなるまで野山を駈け回るような自由な幼少女期が中本氏にはあったということになる。右の「豹の踊り」の場面には、そのような少女期の楽しい記憶が影を落としているのかもしれない。

それをいま山の上の天上性、といってみようか。

一方だがその山の下にははるかに広島の街がひろがっている。そこにはあの市街地の電車通りに面した二階だての五歳から十八歳までを過ごしたという日々の生活を営む「house」としての家がある。「花の婚礼」という詩は、後半に、

靴は遠い町のショウウイン

ドウの中で眠る
さらに遠い町ではキノコ雲の幻がた
ちのぼる

という二行を置いている。

この山の上と山の下、天上と地上の時間的な、かつ空間的な距離感が「花の婚礼」という詩の構造でもあるのではなかろうか。あるいは「花の婚礼」は彼女の詩の原型的な構図を語っているといってもいい。地上、山の下には自分が生れるすこし前原子の炎で焼かれた記憶の中の廃墟の街が幻のようにひろがっている。後年、誰も住むものがいなくなっても、あの「空き家」はそこに、なつかしさではなく痛ましさを感じさせるものとして個人のものでありながら個人の感慨を超えた歴史のあたかも消えない記憶の傷のように残っている。

『黄道と蛹』は、そのタイトルからも想像できるように、中本氏の詩が、個人的な生い立ちやその育った環境を超えてある普遍性に手を届かせようとする強い神話性を帯び始めたその最初の顕れであり、かつそれを表現することに成功した詩集ではなかろうか。「黄道」とは地球から見た太陽の軌道を表す大きな円。「蛹」は羽化する前の静かな眠りの中にまどろんでいる小さな命の蠢きだ。それを「蛹」という詩の中の言葉を借りて「生きることと死ぬことを同時に為しながら／春へと開かれる音楽」といってみてもいい。中本氏の詩はいわば微生物から太陽まで、そのヴィジョンの根源に、広大な無を、あるいは無を生成する宇宙を孕み始めたのだ。

第六詩集『花と死王』は、『黄道と蛹』のモチーフをさらにその先へ展開したものだといえるだろう。その中からここでは「高地の想像」という詩の一部を引く。それは、こんなふうに書き出される。

ヒマラヤの湖に
夜が来て朝が来ても
ただ明暗が変わるだけ
そこでの一日とは何だろう

風が訪《おとな》い続けて

そこでの一年とは何だろう

一年も一日も、時間というものがそうであるようにその節目はきわめて人間的な概念に属している。すなわち人間は一年や一日という節目をそれとして意識しながら時間の中に生きる存在だともいえようか。すなわち、死を意識する存在だとも。だが一方、そのような時間の概念を超えたよりスケールの大きい根源的な宇宙の摂理、生成としかいいようのない運動があるのではなかろうか。いま我々の一日は二十四時間だが、地球と月の距離が変われば一日の時間の長さも変わる。現在から十億年後には地球の一日は三十時間になっているともいわれている。デカルトは神は一瞬ごとに世界を造り直しているといったが、この言を敷衍すれば天地創造はいまも微速度撮影ほどの速さで日々行われているといういい方もできよう。

中本氏が詩集『花と死王』で見つめているのは、「海が波を引き寄せる」(「貝の海」)太古からくり返されているそのようなスケールの途方もない時間、いまここに顕れ出ている世界の現象、その生成の姿だ。詩人の想像力は世界の「縁辺」やこちらからは見えない「奥の想い」へ動いている。それはどこにでもあるともいえるし、人間の目や認識や意味の届かない、誰も見ていない世界のいたるところでくり返されくり返されている生命の営み、現象に、詩人のエロスは強く感応しているということだ。「ヒマラヤ」はここではあの山の上の天上性につながる天地創造の無時間性の劇の上に顕れた幻、現象だといってもいいかもしれない。

そんな山奥の金色の想いを
だれも知らない

とは詩「奥の想い」のエンディングだが、それは同じように世界のいたるところにあり、同時に世界の裏側に隠されてあるあの無人の「空き家」の薄暗い窓ガラスのむこうに拡がっている異次元のどこか廃墟のような風景かもしれない。そんな目が「ヒマラヤ」の幻を見、キノコ雲の幻を見ているのだ。そして、私たちは「高地の想像」のような詩の背後に、たとえば

助けて　と
誰に言っても無駄なことも知っているけれど

懐かしさと怖さで
ガラス戸に向かって瞳を見開いている
（「到来」、詩集『花と死王』所収）

というかつての詩人の内なる子供の目、あるいは逃れようもない少女の恐怖やおののきや不安や痛みを想像してみなければならない。あの「house」の光線はここまで射し込んでいる。ふとここからさらに、無常とか輪廻とかいった言葉が脳裏をよぎりそうになる。無常とはこの世で私たちの目にするすべては移ろいゆくというヴィジョンであり、それはのちに仏教思想においては刹那滅のヴィジョンに結びつく。刹那滅は瞬間瞬間の動的《ダイナミック》な生と死の明滅であり、同時に熾烈なエロスの瞬間の無限大の燃焼を語る内生命のヴィジョンでもある。旧約の「創世記」冒頭には、次のような一節がある。

地は混沌であって、闇が深淵の面《おもて》にあり、神の霊が水の面を動いていた。

中本氏の近年の詩集を読みながら、ふと「創世記」のこの一節が口をついて出た。彼女の詩にも「水の面《おもて》」を動く息のような霊力がある。

中本氏の詩はいま内生命の原初的な知覚の生み出される現場に立ち会おうとして、その言葉は未知のアナーキーなある豊饒さを孕みつつあるのではなかろうか。中本道代もまたエロスの混沌の場所から新しい未知の「創世記」を書きつつあるのではなかろうか。

（2012. 5. 13）

中本道代の詩

不穏な傷口

中川千春

1

いったい如何なる術策を用いれば、詩を豊かに説き明かすことができるものであろうか。鋭敏な批評精神を胚胎して奇蹟のごとく閃かれた表現の巧緻をこそ、詩とそもそも仮りに尊称するのであってみれば、それをまた月旦するなどという、いわば自他に荒んだ悪戯は、好んで真っ逆さまに愚の地に堕ちるための蛇足の芸である。しからば説くなかれ。誦し、味わい、風に乗せてその実を伝えるべし。すぐれた詩歌に出逢ったとき、他に何の意見が私にあろう。

中本道代は、永遠に答えの得られそうもない問いを静かな声で何度も突き付けてくる怖い人だ。怖いというのは勿論その問いの浮き葉を湛えている深い淵のことを言うのであって、詩人ご本人はと言えば、その華やかな雰囲気と温和な人柄に誰も心惹かれる、隠れも無き閨秀であること、このさい大書して伝録しておかねばなるまい。

しかし詩人は例えばこんな風に自画像を描く。

午睡ニ落チヨウトシテ不意ニ叫ビダス女ノ子
何カノ思イ出ガ彼女ヲ眠ラセナイ
（「死者ニ向カッテ」『黄道と蛹』）

私たちはどこから来たの?、どこへ行くの?、生き物はどうして寂しいの?、恐怖とは何?、私が見ているものは何?、私たちは何をしているの?。ふつう人は成長するに従って、こうした哲学に倦んじてしまうか、あるいは日々の生活の些事の裡に巧みにそれを粉飾してしまうものだろうが、彼女は嬰児のように大粒の黒い瞳を見開いて、天蓋に明滅する問いを繰り出す。無垢の人にとっては文明などは何ほどのものでもない。「女ノ子」は意識の出自を探り、心象をきれぎれの夢のごとくに叙景する。

無常の光景、未知の事件、それらの不随意な採集や、ときに仄めかされる不埒なできごとの暗示は、その未解説の素描のままに物語以前の神話素めいており、存在への無限のつぶやきは、われわれを覚醒させる不穏な傷口のようである。

2

例えば次のような一節は、詩であると同時に、詩への問いかけそのものだが、われわれを生の奥へと屈みこませる馥郁とした弦音だ。

夢の中では
緑色のとろりとした水面に光が射していた
夢の外側にからだを向け
わたしは笑いかけていた

そのときわたしは何か言ったのだったか
その言葉はどこから来て
わたしという無人の国を通っていったのだろうか
（「残りの声」『花と死王』）

これはまた、なんと豊饒な懐疑を、なんと見事に少量の言葉で装ったことだろう！　平明な語りとは裏腹に、選ばれた記号は高度な判断を背にしており、展開はきわめて思弁的だ。言語による探求は、おそらく彼女にとって、この世界の創造主と交信するためのかけがえのない方法であろうが、美醜や好悪を吐く形容詞的処世で対象に訣別する趣味は全くなく、衒学に埋没する鎧も寄せつけず、「何カノ思イ出」は、われわれの生理そのものが発生した宇宙の根源にまで遡ってゆく。

遠い遠い場所に生命の秘密がある
どんな手段を使っても
そこへ行くことはできない
けれど　不意に途上が開けることはあるのだ
すぐにまた閉ざされてしまうのではあるが
（「天使の涙」『黄道と蛹』）

この様な詩句もまた、詩人自らが言語について語ったものと読んでもよかろう。「脳髄の裏の方に、奥深く横たわる地があるような気がする。意識の辺縁と言ってよいそこは、自分の内でも外でもあるような未知の領域で、その入り口あたりを朧に感じて彷徨うことしかできないのだが、詩を書くことでなら入る道もあるのではないか」と彼女はかつてどこかに書いている。

なにゆえ生の本能《エロス》と死の本能《タナトス》は存在するのか、なぜ生まれては消え、消えては生まれるその宿命を、われわれは脈々と引き継いでいるのか。詩集『黄道と蛹』の巻末には「すべての時に生けるものに捧ぐ」と刻まれている。

（略）

私たちの体はそれでできている
限りのない知らない死と知らない性交
私らはみんなだれ？

（「現象 Ⅱ」『春分』）

こうした深甚で苛烈な自問自答の前にあって詩人は、俄然哲学者の歩速になったり、刹那、心象を切り取るカメラマンのようであったり、或いは人類に対する会葬者のように謳ったりするが、いずれ危ういそれらの陥穽から、ひらり身を交わし、中本道代は観衆の意表を突くようなダンスをするのだ。文字の跳躍は、独特の造形感覚で紙上に布置され、言葉はそれ自体の孤独な存在において扱われ、それらは乱雑な光芒をさえ放って、行間を読み解こうとする者の理知を眩暈させる。

3

ヒマラヤの湖に
小さな虫が棲んで
何も考えることなく
くるりくるりと回っているだろうか

（「高地の想像」『花と死王』）

「詩集のタイトルに『花と死王』ってどう思いますか」と本人から訊かれたときに、私はもろ手を挙げて賛成した。堂々とした、よい書名だと唸った。

自分に閃いたものに対するとき、彼女は常に謙虚で冷静な観察者であり、「さあ、いったいこれはどんなものなんでしょうか」「これでも詩になっているんでしょうか」などといかにも頼りなげに微笑むのだが、かと思うと「わかってしまったことって、ちっとも面白くないじゃありませんか？　自分ではよくわからないものの方がたぶん面白い」と自信さえ持って語る人だ。そういった指向というか直感の力に、この人の、詩に寄せる願いと愛着の深さのようなものを推し計ることができると私は思う。

知っていますか
廃屋で眠るものは
世界中の王族の婚礼写真です
（「変装」『春分』）

その名も『春の空き家』以来ずっと、廃屋や廃墟は彼女が最も好んで目を向けるもののひとつだ。花と死王とはその住人かも知れぬ。散歩をしているときに、しばしばそれらの前に慄然と足を停めてしまう詩人の姿を私は想像する。自らに湧き上がってくる化け物の正体をとらえようと、言葉と間合いをはかり、格闘し、やがて詩を受胎するにいたる内奥のドラマが偲ばれる。

彼女が意識の波打ち際で拾い上げ、紙の上へ静物のように象徴的に並べる原石は、音と光をあげて怜悧に佇む。

眠るわたしたちを見てください
奇怪な悲しい形
（「水の包み」『花と死王』）

生の闇の奥に蠢いているものを、言葉で垣間見せると同時に、言葉の質感と配置でその狂暴なエネルギーを封緘する。そのとき、詰まるところ、詩は呪誦であり祈禱の一形式だ。

疎《まば》らに繁る言の葉の裏側や、しなやかに乱脈に伸びる連想の小枝の先や、或いは歪んで耕された文脈の畦の間に、中本道代は声をあげずに叫んでいる。彫婁した自らの傷口を見下ろし、「女ノ子」は口を噤み、どれだけ膚で宇宙を感じてきたことか。どれだけ耳を澄ませ、瞳を開いて神意を問うていることか。

（2012. 5. 1）

〈諦念〉を抱き、記憶し記録するひと

岬 多可子

それぞれが詩を持ち寄って読む、ある小さな会で、その日は中本さんの詩を紹介しようと思っていた。ほんのわずかな時間しかないけれども、どの詩を持っていけばよいだろうか。初期の頃と最近の詩を並べてみたい、はじめて読むひとにも受けとめてもらいやすいような作品を。そんなことを思いながら選んだ二篇だった。『四月の第一日曜日』から「祝祭」。そして『花と死王』から「鯉」。

一九八五年春、中本さんが第二回ラ・メール新人賞を受賞されたときの言葉を、今でもよく覚えている。
「人はなぜいきいきと生きられないのかという、単純な問いが、私を詩に向かわせるのだと思う」

この言葉とともにわたしは中本さんの詩に出会い、いつかこんなふうな詩を書いてみたいと思った。わたしの、詩へのあこがれは、そんなふうに始まったのだった。

中本さんの詩に描かれる、生きてあるたくさんのもの、それらはみな重い影をひいている。生命の息吹がほとばしる春、すがすがしくみずみずしい季節を光のなかに描き出しながらも、不穏で不安な声がどこかで低く小さく響きつづけているのを、中本さんは聞き逃さない。生きのびよう種をつなげようとする生命の、時として過剰で狂気に近い充溢。水気を帯びて充ち満ちて、膨張し破れてしまったやわらかい傷口から滲み出たものを、嗅ぎ取りすくい取っていく。「祝祭」は、それらの特徴をよくあらわしている作品のひとつだと思う。

生まれてしまったものがみな
しかたなく　また
暴力的に
群れをなして育っているのだ

（「祝祭」）

ところで、この文庫には収められなかったが、『四月の第一日曜日』のなかの「雪がふるように」という詩は「諦念／目を閉じる」という投げ出されたような二行で終わっている。しずかな、ぽつんと呟かれたような二行であるけれども、なぜか忘れがたい。

いきいきと生きられない、そのことばかりを考えつづけてしまう。いきいきと生きられない自分にそして他人に、視線はどうしても向かってしまう。そんな自嘲にも聞こえるような〈諦念〉という意識を、宿命のように抱きながら、それでも、詩というものを一途に求めていくのが中本さんというひとではないか。だから、ほんとうは〈諦念〉は字面の表すような〈あきらめ〉ではないはず。中本さんは、およそ喜怒哀楽を激しく表出することなどなさそうな理知のひとだが、その内に渦巻いているであろう熱情や複雑な思考の痕をこうした素っ気なくも覚悟のこもった詩の行にあらわしてみせる。

饒舌とは言えない、抑制の効いた詩の形は、第三詩集『ミルキーメイ』以降、ますますその傾向を強くしていったようだ。『春分』『黄道と蛹』と行きつ戻りつしながら読み進めると、茫漠とした気分になり、見通しのきかない靄のなかから、広大な風景がぼんやりと見え始める。読んで、なにかがわかった、と言い切ることが少し憚られるような、その風景とは生と死のありようだ。

生死のありよう、などと一言で言ってしまうことは、ずいぶんと軽はずみなあやういことだろうか。しかし、その風景には、一九四九年生まれ広島育ち、という中本さんの来歴が、影響しているのかもしれない。多くの死を蔵している土地。

ふたたび〈諦念〉という意識について思う。死という、悲惨でおそろしく不可避のものに向かって、すべての生は紡がれる。逃れようがない。だが、中本さんの詩を繰り返し読んでいると、死の甘美がほのかに漂ってくるような気もする。生と死は反対方向を指す矢印なのではなく、分かちがたく一体のもの。〈諦念〉とは、死を思いつづけることによって生を思う、そのような固い決意のようだ。たとえば『黄道と蛹』に見られる次のような詩句。

透視スル生死ノハバ広イ境界
（「死者ニ向カッテ」）

時の空を貫いて飛ぶ蛇
私も一つの実となって暗闇に吊り下がった
（「言葉の蛇」）

遠いところに釘づけられている私の生（「野の方向」）
切り刻まれて心臓だけになっても（「秩父線」）
生きるのだと（「六月が来る」）

『花と死王』に至り、「鯉」を読んだとき、中本さんの詩にはじめて触れ、こんな詩を書いてみたいと思ったときの気持ちを、わたしは思い出していた。一見、素朴で、初期の詩集に立ち返ったような印象も与える一篇だ。先述の会で、この詩を紹介すると「『花と死王』はもっと難しい詩ばかりかと思っていた。これはわかりやすい」という声もあがり、わたしたちは中本さんの詩を再発見したような気分になったのだった。

そして、「祝祭」と「鯉」を並べてみる。この二篇をつなぐ時間のなかで、中本さんはたくさんの詩を書いてきた。表現上の変化はさまざまな形であらわれたし、思考は深く沈潜してはまた軽やかに浮揚もし、中本ファンのわたしは、詩集一冊ごとにそれらに感嘆してきた。けれども、一貫して中本さんの書きたかったこととはこういうことだった、とあらためて思うのだ。

深く巨きな虚無の闇が
どうしても　また
宇宙の胎《はら》から拡がってくる（「鯉」）

「祝祭」の最後にある「しかたなく／また」と、ここにある「どうしても／また」。〈諦念〉を端的にあらわして、偶然のように並んだこれらの詩句は、中本さんの深い嘆息のように聞こえる。

地面の黒い蟻はこの世の意味を記録し（「残りの声」）、炎に包まれた鳥たちは小さな脳髄でこの世を記憶する（「交錯」）。地面を這う黒い蟻や燃えて飛び立つ鳥は、痛ましく美しく、こうしてわたしたちは、生きつづけるほかない。そして、こんなふうにして記憶し記録しつづけているのは、中本さん自身だ。

（2012. 5. 15）

粒子らの恋歌、崩壊する体の名　鳥居万由実

ベンチに座って、地面に這う一匹の蟻を目で追いかけてみる。それから3D画像を見る要領で、視野の焦点をズラして視界全体に見るともなく意識を張ってみる。すると、今まで見えなかった無数の蟻が草陰に、地面に、ダイヤグラムを成すように動いていて、蠢く大きな全体を構成しているのが分かる。何か大きな生き物の脳の中の神経回路でもあるかのようだ。例えるならばこんなふうな、日常からは焦点をズラさないと見えてこない大きな生き物の気配に中本さんの詩は充ちている。

日ごとに外が明るくなる／病人は熱の匂いに飽き／鶏舎ではめんどりが胃に砂粒を沈ませている／子供たちの声があちらこちらで上がる／鉄塔の上でカラスが鳴く／金属製のものが帯電する／紳士は林の入り口に立って待ち／ズボンの前をあけて人を驚かせる／期待に顔もかがやいている　（「回復期」）

このように離れた場所で同時に起こっているバラバラのことが一つになって、ある大きな存在＝一つの季節の存在を知らせる。そのため「ズボンの前をあける紳士」の変態的な期待さえもが、回復期の病人、子供たち、めんどり、あるいは日増しに夏へと向かって明るくなる空の期待でもあることになり、おおらかな陽気さを醸し出しているのだ。

部分と全体。中本さんの詩ではしばしば不思議な全体が立ち上がるとともに、部分の方も、ときに全体から弾け出し、異様に明晰な存在感を持つ。例えば、身体のパーツである目は、それだけで浮遊して草に宿り「草の目が一つ　また一つ／海からの風にかがやいて開き／つぶやく／／「私の恋人はどこにいるの／何をしたら会えるの」」（「夜の口」）と極小の者たちの恋を語る。さらに幻視は細胞の中、粒子の中にまで分け入って、恐るべき光景を見出すのである。「葉緑体と共に泳ぐ魔の子／／高速で回転する微粒子群の中に二つの唇がある／それは病んでいく

歌」(「親和力」)。微粒子にまで唇が発生して歌いだしてしまうことに慄然とうっとり、させられてしまう。恐怖によく似た歓びだ。

この異様に活発な細片たちの前で、通常「全体」としてみなされるもの——主体としての人間に代表されるような——は魂を吸い取られたようになってしばしば脱力し、半死半生の幽霊として漂っていたり、地面の下に埋もれていたり、口もとに金属の匂いを発散させながら笑ったままで失神していたりする。その極めつけが、かかしたちだ。これは、人間存在に対する強烈な寓意になっているだろう。

かかしたちがぐったりと首を落とす/かかしたちの森〃「私どもには脳みそがありません/けれど何かが頭の中にある/このつまっているものは何なのか/この小さな頭の中の暗いものは何か」/(中略)/鳥たちは森の周辺で遊び/森の中へは入らない/かかしたちがくたばるまでは〃「あそこに落ちている/あのオレンジ色をしたかたまりが脳みそなのか/あそこにひっかかっている/あの渦まきの針金が脳みそなのか/どうしたらわかるだろう/脳みそがないのに」〃夕暮れが迫り/かかしたちの衣装の襤褸が冷たい風に吹かれる/かかしたちはくたばらない/いつまでも/脳みそのことを悩み続ける〃「私どもには脳みそがありません/けれど何かが/頭の中に/このつまっている/この暗い」

(「都の外で」)

もちろん身体という全体の代表である私たち人間どもは、「脳みそ」を持って統覚しているわけだが、詩の中で「脳みそ」が象徴するもの=生命や存在の秘密には、ほど遠いこと、このかかしたちと変わりないだろう。テレビやパソコンが作動する仕組みを理解しないまま使うように、自分がどうして存在し、自分の身体がどうして動いているのかも分からずにいるのだから。むしろ人間の意識には手の届かない生命の知恵、いや魂さえをも保有しているのは、部分でしかないはずの細胞や分子ひとつひとつではないか。中本さんの詩において、この活力に満ちたパーツらは何なのだろうか。試みにそれは「死んでいく力としての生命力」だと云ってみたい。中本さんの詩には「カオスとしての生命力」が顕れているが、そのカオスとは生きる力だけではなく死ぬ力も含みこんだ根源的な生命力のように感じられるのである。

「切り刻まれて心臓だけになっても／生きるのだと／私は思った／切り刻まれた細片の一つ一つに私が宿って／それらがみんな離れ離れになっていっても」(「六月が来る」)。そう、部分が部分自体で生命になるとき、それは主体の死を意味する。だから、部分の活力は、全体である人間にとってはどこか怖い。統一体だった生命が解体されるとき、その部分部分は自分だけの生命を取り戻すかもしれない。例えば人が死んで焼かれるとき、肉体という全体から解放された水や灰の粒子ひとつひとつには唇が宿り、不思議な歌を歌いながら空に舞い上がっていくのかもしれない。そしてまた新しい生命体の一部を構成することもあるだろう。死んでいく力は、朽ちて新しい生命へと結ばれていく力でもある。そこにある「私」は私であって私ではない、個体としての私を超えていく私である。

こうした、個体を超えて連綿と続いていく、部分粒子の有する生命力。これをある意味体現しているのが、中本さんが「『大菩薩峠』考」の中で見出す暗黒のヒーロー、龍之助ではないだろうか。吸血鬼のような、なまめかしい冷気を体から発散させる人斬りの龍之助は「人の中にある、悪意というようなものからは外れた危険なもの、陽の目を見ることがなく、対象化されることのないもの、それゆえに、是非や善悪の理性の侵入を受けることのないもの」によって人を魅惑するのではないかと中本さんは考察している。これはまた「原初的なカオスから送られてくるような「呪」」であり日本列島の上に生きる民衆の心性の中にある「被支配と不自由へと向けられた意識下の呪い」でもあり、『大菩薩峠』の時代が幕末を舞台としていることには、「大きな時代の変動期に寄せて、現にあらわれてしまっている国家体制へのひそかな否認の感情が込められているのではないか」と、めざましい考察が続く。ここでいう被支配と不自由は部分たち粒子たちの被った抑圧でもあっただろう。国民という部分よりも国家という全体が優先され、生活スタイルの面でも細胞の声や分子の声に耳を傾けることはおろそかにされていたのではないだろうか。明治維新このかたの「生めよ殖やせよ」「殖産興業」の嵐の中では、生命力のうち、よく生きることの方は教えられても、よく死ぬこと（自滅とは異なる）の方は誰が教えてくれただろう。現在が「永遠の未完了へと宙吊りになっている幕末」であることに気付くとき、中本さんの詩を読むことは生きること、死んでいくことの両方から湧き出す根源的な生命力を、私たちの忘れられた「崩壊する体の名」（「蛹」）を、取り戻すことの糸口にもなりそうなのだ。

（2012. 5. 13）

現代詩文庫 197 中本道代

発行・二〇一二年八月三十一日 初版第一刷
著者・中本道代
発行者・小田啓之
発行所・株式会社思潮社
〒162-0842 東京都新宿区市谷砂土原町三―十五
電話〇三（三二六七）八一五三（営業）八一四一（編集）八一四二（ＦＡＸ）
印刷・三報社印刷株式会社
製本・株式会社川島製本所
ISBN978-4-7837-0974-9 C0392

現代詩文庫　第Ⅰ期

171 加島祥造　原満三寿／池崇一他
172 続続吉原幸子　谷川俊太郎／新川和江他
173 続粕谷栄市　横木徳久／野村喜和夫他
174 小池昌代　飯島耕一／井坂洋子他
175 征矢泰子　新川和江／新井豊美他
176 八木幹夫　小沢信男／新倉俊一他
177 続入沢康夫　野村喜和夫／田野倉康一他
178 岩佐なを　城戸朱理／矢川澄子他
179 四元康祐　栩木伸明／谷川俊太郎他
180 山本哲也　吉野弘／北川透他
181 続続辻征夫　清岡卓行／高橋源一郎他
182 友部正人　谷川俊太郎／宮沢章夫他
183 河津聖恵　新井豊美／瀬尾育生他
184 星野徹　笠井嗣夫／武子和幸他
185 山崎るり子　三浦雅士／井坂洋子他
186 続渡辺武信　松本隆／荒井晴彦
187 最匠展子　金子光晴／長谷川龍生他
188 続安藤元雄　飯島耕一／新井豊美他
189 続井坂洋子　室井光広／蜂飼耳他
190 高岡修　富岡幸一郎／北川透他
191 続伊藤比呂美　四元康祐／新井高子他
192 川上明日夫　広部英一／倉橋健一他
193 秋山基夫　片桐ユズル／福間健二他
194 日高てる　辻井喬／長谷川龍生他
195 松尾真由美　岩成達也／田野倉康一他
196 川口晴美　鈴木志郎康／野村喜和夫他
197 中本道代　北村太郎／吉田文憲他
198 倉田比羽子　北川透／瀬尾育生他

＊人名（明朝）は作品論／詩人論の筆者

1 田村隆一
2 谷川雁
3 岩田宏
4 山本太郎
5 清岡卓行
6 黒田三郎
7 黒田喜夫
8 吉本隆明
9 鮎川信夫
10 飯島耕一
11 天沢退二郎
12 吉野弘
13 長田弘
14 吉岡実
15 富岡多恵子
16 那珂太郎
17 安西均
18 長谷川龍生
19 高橋睦郎
20 茨木のり子
21 安水稔和
22 鈴木志郎康
23 生野幸吉
24 大岡信
25 関根弘
26 石原吉郎
27 谷川俊太郎
28 白石かずこ
29 堀川正美
30 岡田隆彦
31 入沢康夫
32 片桐ユズル
33 川崎洋
34 金井直
35 渡辺武信
36 安東次男
37 三好豊一郎
38 中桐雅夫
39 中江俊夫
40 高野喜久雄
41 吉増剛造
42 渋沢孝輔
43 高良留美子
44 三木卓
45 加藤郁乎
46 石垣りん
47 木原孝一
48 北川透
49 菅原克己
50 多田智満子
51 鷲巣繁男
52 寺山修司
53 木島始
54 清水昶
55 金井美恵子
56 吉原幸子
57 藤富保男
58 岩成達也
59 井上光晴
60 会田綱雄
61 北村太郎
62 窪田般彌
63 辻井喬
64 新川和江
65 吉行理恵
66 中井英夫
67 粕谷栄市
68 清水哲男
69 山本道子
70 宗左近
71 中村稔
72 粒来哲蔵
73 諏訪優
74 続飯島耕一
75 荒川洋治
76 佐々木幹郎
77 正津勉
78 辻征夫
79 安藤元雄
80 藤井貞和
81 大野新
82 犬塚堯
83 小長谷清実
84 江森國友
85 天野忠
86 嶋岡晨
87 阿部岩夫
88 関口篤
89 衣更着信
90 ねじめ正一
91 菅谷規矩雄
92 井坂洋子
93 片岡文雄
94 伊藤比呂美
95 新藤凉子
96 青木はるみ
97 中村真一郎
98 嵯峨信之
99 稲川方人
100 平出隆
101 松浦寿輝
102 朝吹亮二
103 続荒川洋治
104 続藤井貞和
105 続寺山修司
106 吉田文憲
107 瀬尾育生
108 続谷川俊太郎
109 続続谷川俊太郎
110 続田村隆一
111 続続田村隆一
112 続天沢退二郎
113 続続天沢退二郎
114 新井豊美
115 続吉増剛造
116 続続吉増剛造
117 続鮎川信夫
118 続北村太郎
119 続吉野弘
120 続石原吉郎
121 続鈴木志郎康
122 川田絢音
123 続続吉野弘
124 続北川透
125 続白石かずこ
126 続清岡卓行
127 続宗左近
128 牟礼慶子
129 続吉岡実
130 続辻井喬
131 続大岡信
132 続新川和江
133 続川崎洋
134 続清水昶
135 続高橋睦郎
136 続長谷川龍生
137 続中村稔
138 八木忠栄
139 続佐々木幹郎
140 城戸朱理
141 野村喜和夫
142 平林敏彦
143 続渋沢孝輔
144 続那珂太郎
145 財部鳥子
146 続長田弘
147 吉田加南子
148 続清水哲男
149 辻仁成
150 木坂涼
151 田中清光
152 阿部弘一
153 続続大岡信
154 続続鮎川信夫
155 続辻征夫
156 福間健二
157 守中高明
158 平田俊子
159 村上昭夫
160 広部英一
161 白石公子
162 鈴木漠
163 高橋順子
164 池井昌樹
165 続続清岡卓行
166 倉橋健一
167 高貝弘也
168 御庄博実
169 続吉原幸子
170 井川博年